警視庁公安０課カミカゼ

環境悪鬼

矢月秀作

双葉文庫

目次

環境悪鬼

警視庁公安０課　カミカゼ

登場人物

瀧川達也　三鷹中央署の三鷹第三交番の警官だったが「刑事の匂いがしない者」として公安0課に引き抜かれて作業班員に。任務の度に「終われば希望する少年課へ異動させる」と言われるが、いつも実現しない。任務で死にかけたのち、有村綾子に求婚する。

藪野　学　同・作業班員。潜入のエキスパート。卓越した判断力と生への執着で数々の死地から生還。

白瀬秀一郎　同・作業班員。一見派手で軽薄な色男だが、情報収集と分析では驚異的な手腕を発揮。

今村利弘　同・作業班主任。上層部の指令とあらば、仲間ですら平然と利用する非情なベテラン捜査官。

鹿倉　稔　警視庁公安部長。極秘で動く公安0課の詳細を知る唯一の人物。

舟田秋敏　三鷹第三交番で瀧川の先輩だったベテラン警官。公安0課に引き抜かれそうになった過去を持つ。瀧川の相談役でもある。

有村綾子　娘の遙香をひとりで育てるシングルマザーの書店員。幼なじみの瀧川に想いを寄せる。

プロローグ

沖永久博《おきながひさひろ》の家は、栃木県と茨城県の県境に近い山の奥にあった。周りに家はなく、ひと気もない。

かつては林業で栄えた村だが、山仕事の従事者はもう何十年も前にいなくなり、朽ち果てた建物が木の根や苔に飲み込まれていた。

沖永は廃村に残った、たった一人の住人だ。

いや、沖永自身は、廃村とは思っていない。

この山は沖永の先祖が代々受け継いできた山で、言ってみれば、沖永家そのものでもある。

できれば、山全体を守りたかったが、山の管理は膨大な資金がかかる。

木の伐採から道の整備、水源の管理、盗伐への警戒などなど。資産家ではあったが、これらを沖永一人で賄うことはできない。人を雇ったり、防犯カメラなどの設備を整えたりすると、手持ちの資金はあっという間になくなる。

沖永は十年前、泣く泣く、山の半分を売って、現金化した。

今は、木材資源が高騰しているせいもあり、収益は上がったが、代わりに盗伐も増え、そちらの警戒警備に金がかかっている。

沖永には二人の息子がいる。それぞれ都会に出て、サラリーマンをしているが、いずれはどちらかに山を継いでほしいと願っている。

一方、山林管理の厳しさもよく知っている。

今、山で育っている木材を売れば、もう少しの間、維持管理はできるだろうが、木々を伐採し終えた後、新たに植林をする資金があるかどうか……。

沖永の下には、多くの不動産関係者が訪ねてきていた。

人口減少で宅地開発をしたいという話は減ったが、太陽光発電のパネルを設置したいという申し出は殺到した。

また、広い土地を求める企業や学校法人からの申し出もあった。県境とはいえアクセスは悪くないため、坪単価の倍額を提示する不動産屋も多い。

しかし、沖永は難色を示していた。

いずれも、大規模開発が前提となる話ばかり。売ればたちまち、代々守り続けた山は削られ、姿を変えてしまうだろう。

沖永の山から流れ出る水は、下流域の農家の農業用水にも使われている。また、木々は地滑りを防ぐための大事な基盤ともなっている。

乱開発が進めば、水は涸れ、保水力を失った山は崩れて、下流域に甚大な被害を及ぼすだろう。

それは、長年この土地で生きてきた者としての責任を放棄するようでしのびない。

できれば、息子たち以外に林業を継いでくれる人物や企業が現われれば……と願っていた。

そんなある日、高津晃久《たかつあきひさ》という男が沖永の下を訪ねてきた。

二十代半ばの彼は、自分に山を譲ってほしいと言った。

高津は間伐をして山の手入れをしつつ、間伐材を使って木工製品を作り、国内外で販売したいと熱く語った。また、エネルギー需要にも応えるよう、木材チップを使ったバイオ燃料開発の研究も進めているという。

沖永には願ってもない話だった。

しかし、話がうますぎる。

まだ二十代半ばの若者が、そこまでの研究と事業を展開する資金と人脈を持っているとは到底思えない。

高津は、主な原資は、志を共にする全国の若者からの融資だという。クラウドファンディングで集めていて、億の資金が集まっていると話し、通帳も見せてくれた。

さらに、企業や政府、自治体からも資金援助を得ているという。

高津は最後にこう言った。

日本を守りたい――。

沖永はその心意気に打たれ、山の売却を承諾した。

高津は、所有する山や沖永の老後の生活資金などを合わせて、三億円を沖永に支払った。

沖永は息子たちに一億円ずつ残し、残りの一億円で余生を過ごしていた。

我ながら、満足のいく結末を迎えた。

……そう思っていた。

が、一年後、久しぶりに山を訪ねてみると、様相はすっかり変貌していた。

山頂付近は切り開かれ、ガラス張りの大きな建物が造られていた。その周辺には太陽光発電のパネルがずらりと並び、ぎらぎらと光っている。

山肌は削られ、バス二台が余裕ですれ違うことのできる広い道路が整備され、住宅もぽつぽつと建っていた。道路の山側面は木を切り倒され、コンクリートで覆われていた。

まだ工事は途中だったが、自然林も含めて緑豊かだった山が、無味乾燥な盛り土に化そうとしていた。

沖永は当然、憤慨した。

高津に電話をかけるが、名刺に記された電話番号はすでに通じなかった。山の上に建った建物に怒鳴り込むが、そこにも高津の姿はない。

責任者に話を聞くと、十カ月前に高津から話を持ち掛けられ、ジェネリック医薬品や人工肥料の研究開発施設の建設用に山全体を購入したという。

購入金額は五億円。高津は沖永から買い取った価格に二億円を上乗せして売却したが、研究施設を作るにはまとまった広大な土地が必要で、会社側には安い買い物だったようだ。

つまり、高津は言葉巧みに沖永に近づき、安く買い叩いて、わずか二カ月で二億円を上乗せして売り抜けたということ。

高津と沖永の取引は合法だ。彼が買った山を誰に転売しようと、沖永に文句は言えない。しかし、転売すると知っていれば、手放さなかった。まして、山を壊してまで開発するとわかっていれば、その場で叩き出していた。

人を見る目がなかったと言えばそれだけだが、なんとも悔しい。

沖永はどうしてもひとこと言ってやりたくて、高津を捜し続けた。

手掛かりは、クラウドファンディングから得られた。

高津は、〈護国の戦士〉というNPO法人を設立し、資金提供を募っていた。

謳われていたのは、沖永に話していたことそのままだ。資本家や外国人勢力から日本を守るため、山林破壊や水源の汚染を食い止めるため、若い力を結集して山林を守ろう、というものだった。

そこでは、メンバー募集と集会の知らせも出していた。

投稿欄があったので、何度か実態を知らせようと書き込んでみたが、承認がいるのか表示されることはなかった。

沖永は、自分の思い、そして、この若者の正体を知らせるべく、集会が行われるという場所に出向いた。

そこは、沖永が売却した自分の山から一キロほど南下したところにある山中のキャンプ場だった。

乗用車やミニバン、キャンピングカーが集まっている。沖永はタクシーで乗り付けた。

混雑する青空駐車場に入ると、運転手が言った。

「あんたも、あのへんな連中の仲間かい？」

「へんなとは？」

「いや、駅からここへ何人も送り届けたんだけどさ。なんか、薄気味悪くうつむいたままぶつぶつ言っているヤツもいりゃあ、今の日本をどう思うかとかしつこく議論を吹っかけてくるヤツもいてさ。正直、あまり関わりたくないんだよ。けど、距離はあるんでいいお客さんだよね。会社からは積極的に乗せるよう言われてる」

話しながら、車を停め、メーターを止めた。運賃は四千九百円。地方のタクシーにとっては大きな売り上げだ。

「この集会はしょっちゅうここで行われているんですか？」

「そうみたいだねえ。月に一回は忙しいから。おかげで、このキャンプ場に他の客は寄り付かなくなっちまった。ほとんど、この連中が独占しているような状況だよ。だから、月に一度は忙しいけど、他の日は閑古鳥。いいんだか悪いんだか……」

運転手がぼやく。

「そうですか。いろいろ教えてくださって、ありがとうございます。これ、おつりはいいです」

沖永はショルダーバッグから財布を取って五千円札を出し、トレーに置いた。

「ありがたく。あんたも何か知らないけど、取り込まれないように」

運転手は素直に受け取り、沖永を降ろすと、逃げるように去っていった。

人の流れに合わせて歩いていく。木立に囲まれた歩道を抜けると、広々とした芝敷きの広場が現われた。抜けるような青空が広がり、心地よい。

奥にステージがあった。まるで、野外フェスの会場のようだ。

集まった人が、広場の半分ほどを埋めていた。二十代、三十代とおぼしき若い男女が多い。彼ら彼女らは、持ってきたビニールシートを敷き、ジュースや缶ビールを片手につまみを口にしながら、各々がくつろいでいた。

中には子供連れの姿も見える。年配者も散見された。

沖永はステージから離れた場所に腰を下ろした。シートなど持ってきてはいないので、地面にじかに座った。

何が始まるのかと待っていると、背後から声をかけられた。

「おじさん、初めてですか？」

女性の声だ。

振り向く。ハイカーのような恰好をした三十前後の若い男女五人が沖永に笑顔を向けていた。

「ええ」

沖永が笑顔を返す。

「地べたに座っていると、お尻が濡れてしまいます。私たち、いい場所を押さえているんで、ご一緒にどうですか？」

「いや、私は……」

「遠慮なく」

連れの男性が爽やかな笑顔を向ける。

沖永は若者たちを見回した。みな、どことなく品があり、育ちがよさそうに見える。

こんな若者たちが、なぜ高津のような怪しい奴が主催するイベントに集まっているのだろう。

興味が湧いた。話を聞いて、その上で高津の本性を教えれば、この子たちだけでも救えるかもしれない。

「わかりました。では、お世話になります」

沖永はゆっくりと立ち上がり、尻の埃をはたいた。

「木陰でいい場所があるんです。行きましょう」

最初に声をかけてきた女性が、沖永の手を握った。

完全に老人扱いされていることに苦笑しつつも、女性に引かれるまま、木立に入っていく。

広場に接した木々の周りには、参加者たちの姿もあった。が、女性とその仲間たちは奥へ奥へと進んでいく。

「こっちでいいんですか？」

「ええ。この森を抜けたところに、絶好のポイントがあるんです。あまり参加者が知らないところなんで」

女性は笑顔でぐいぐいと沖永を引っ張る。

進んでいくと、森の奥にコテージのような木の小屋があった。二階建てで、上は火の見櫓のようになっている。

「あの上から見るというわけですか」

「そうなんです。どうぞ、入ってください」

「いいのかい？　勝手に入って」

「私たちが借りているところなんです。どうぞどうぞ」

女性が言う。他の者たちもみな、沖永に笑顔を向け、ドアを開いて中へ促した。

沖永は女性に手を引かれ、中へ入った。

とたん、沖永の目が鋭くなった。

広々としたフロアの左手には炊事場やテーブルが、右手には暖炉がある。中央の広間には長いカウチソファーが半円形に置かれていて、自由にくつろげる空間となっている。

その真ん中にあぐらをかいて座っていたのは、高津だった。

「沖永さん、お久しぶりです」

高津は笑みを向けた。

「貴様……」

ドア口で立ち止まって睨んでいると、後ろから背中を押された。同時に、女性が手を強く引っ張って突き出す。

沖永はよろよろと広間の中央に進んだ。

沖永を連れてきた若者たちが背後を囲んだ。手を引いた女性を見やる。親しげで柔和だった笑顔は消え、嫌悪に満ちた冷たい眼差しを向けている。人が瞬時に、こんなにも変われるのかと思うほど、別人のようだった。

「まあ、どうぞ」

高津が自分の手前を手で指す。

沖永は高津の前に座った。あぐらをかき、右手で脛を引き寄せる。

「沖永さん。困りますねえ。僕らのクラウドファンディングの投稿欄に、罵詈雑言を書かれては」

「見ていたのか！　なぜ、表示されんのだ！」

「私たちの活動を潰そうとする迷惑な輩も多いんで、チェックした上で掲載するかどうかを判断しているんですよ」

「私のは迷惑でもなんでもない！　事実だろうが！」

怒鳴り声が響く。

高津は涼しい顔で見つめ返した。

「あなたから山を買ったのは事実です。あの時、山を守ると言ったのも事実。そこは否定しません。しかし、転売しないとは言っていない。たまたま、僕のところに持ち込まれた話で条件に合ったのがあなたの山だっただけです。これは正式な商行為。非難されるいわれはありませんが」

「私から山を買い取って、わずか二カ月でわけのわからん企業に売りさばいているだろう。最初から、そのつもりだったはずだ！」

「憶測はやめていただけませんか。僕が最初から転売するつもりだったという証拠はないでしょう？」

高津が余裕を覗かせる。

沖永はバッグを開けた。中から、Ａ４サイズの茶封筒を取り出し、高津の足下に投げる。

「これは？」

高津が手に取った。

「私が何も調べられないと思っているのかね。あらゆる手を使って調べた結果だ」

沖永が睨む。

高津は中身を取り出した。沖永の山の売買経緯が記されたレポートが十数枚入っていた。その中には、転売先の永正化学工業と仲介したディベロッパーの証言や資料も入っていた。最初から転売目的であることが書かれていたレポートだ。

高津の顔から余裕が消えた。

「山を売ったことはもう取り返しがつかん。それはあきらめる。しかし、おまえがしたことは許さん。この資料のコピーはいくつも作ってある。私が死んでも、おまえがしたことの罪からは逃れられん。人の気持ちを弄んだ者は、いずれ破滅する。二度と、私にしたようなことを他の人にするな。おまえのことは、死ぬまで監視しているからな」

沖永は静かだが凄みのこもった声で言った。

やおら、立ち上がる。振り返り、若者たちを睥睨《へいげい》する。

「君たちも耳触りのいい言葉に惑わされず、自ら考えて動くことだ。誰かの思想に従うというのは、思考を停止することと同じ。本気で日本の山林のことを考えるなら、もっとやれることはある。一人一人が自分で考えて、そちらに尽力してくれることを望むよ」

沖永はドア口へ向かおうとした。

と、若い男女が一列に並び、沖永の行く手を塞いだ。

「どけ！」

沖永は怒鳴った。

しかし、若者たちは壁のように立ちはだかる。

沖永は目の前の若い男の胸ぐらをつかんだ。

「どけと言っているだろう！」

突き飛ばそうとする。

が、反対に男から胸ぐらをつかみ返された。瞬間、腹部に拳がめり込んだ。

沖永は目を剝いた。男から手を離し、腰を折る。

男が突き飛ばす。沖永はよろよろと後退し、フロアの真ん中にストンと尻餅をついた。

若者たちが沖永を取り囲んだ。

沖永は振り返った。高津はソファーにふんぞり返り、にやにやとしている。

「許さんぞ、高津！」

沖永が怒鳴った。

「懇願するのはあなたの方じゃないですかねえ」

高津が右人差し指を上げた。

囲んだ男女が、倒れた沖永に暴行を始めた。蹴ったり、踏みつけたりと容赦がない。沖永は丸まって動けない。

複数の足が、沖永の肋骨を痛めつけ、脇腹にダメージを与える。腕や足の骨は軋《きし》み、擦り抜けた踵が頬骨を砕く。

ガードが緩くなったところから、爪先が飛び込んできた。

鳩尾《みぞおち》に爪先がめり込む。沖永は目を見開いて腹を押さえ、血混じりの胃液を吐きだした。

高津が右手を上げた。若者たちの暴行が止まった。

沖永は体を震わせ、ひゅーひゅーと喉を鳴らして息を継いでいた。

「沖永さん。このレポートのコピー、どこにあるんですかね？」

高津が訊く。沖永は答えない。

「このコピーを全部渡してくれれば、あなたをここから無事に返してあげますよ」

「こんなことをして……ただではすまんぞ」

血にまみれた口から声を絞り出す。

「わかりました。僕が悪かった。こうしましょう。あなたの治療費は出させていただきます。それと、コピー一式、五千万で買い取らせていただきましょう。四セットあれば二億。五セットあれば二億五千万。沖永さんだから、破格の条件を提示しました。僕の誠意をわかってもらえませんか?」

「おまえは……おまえは、金さえあればなんでもできると思っているのか!」

沖永は上体を起こして、高津の下に這いずっていった。

若者の一人が脚を上げる。高津は顔を横に振って、止めた。

沖永は高津の前まで来て、腕を伸ばし、高津の太腿を握った。

「沖永さん。僕が日本の山林を、日本国土を守りたいという理念に偽りはありません。ですが、理想理念をまっとうするには、力がいる。沖永さんの山は、日本国土を守るための一助となったのです。そして、僕たちは確実に力をつけ、目的に向かって進んでいます。今、沖永さんに邪魔をされれば、僕らの道は閉ざされてしまう。山の件は謝ります。その上で、もう少し僕らの活動を見守っていただけませんか」

丁寧に話す。その顔は、沖永の下を訪ねてきた時の好青年だった。

ふっと信じてみたくなる。

初めて会った時にも感じたが、話の中で見せる好青年の顔は、見る人をホッとさせ、誠実さを際立たせる。

もしかすると、力をつけるために、沖永の山を転売したという話は本当かもしれない。そう思わせる。

だが、首を振った。

本当に好青年なら、自分の支持者か部下であろう若者が暴行するのをただ見ていることはないだろう。

それに、高津は初め、金で解決を図ろうとした。

沖永がなびかなかったので、泣き落としに来たのだろう。

沖永は高津の胸元をつかんで這い上がり、肩を握った。鼻先がくっつくほど顔を近づける。

「おまえを野放しにはできん。覚悟しとけ」

「そうですか。残念です」

高津は沖永の背後に目を向けた。

いきなり後ろから手が回ってきた。頬を握られ、開いた口にタオルを詰め込まれた。その後すぐ、袋を頭から被せられる。

沖永は呻き、もがいた。が、手足は捩じ上げられ、紐で拘束された。

「半殺しにして、山の奥に捨ててこい。あとは野犬が食ってくれる」

高津は命じて、立ち上がった。

「沖永さん。僕らがしっかりと日本を守りますから、安心して逝ってください」

涼やかな顔で語りかける。

沖永は芋虫のようにぐねぐねと動いた。

「じゃあ、僕は集会の準備をするので、あとは頼んだよ」

若者たちに笑顔を向け、バンガローを出た。

ドアが閉まる。

まもなく、若者たちの暴行が再開された。

沖永は腹の底から呻《うめ》きを上げ、暴れた。

が、やがて、呻きも細り、動かなくなった。

第一章　今村、消息を絶つ！

1

瀧川達也《たきがわたつや》はフォーマルスーツに身を包んでいた。有村綾子《ありむらあやこ》も紺のセットアップスーツを着て、首元を真珠のネックレスで飾っている。

遙香《はるか》はグレーのジャケットにワインレッドのネクタイ、チェックのスカートの制服を着ていた。

今日は、遙香が合格した私立聖稜中学校の入学式だった。中高一貫校で、一人一人の個性を重視した教育に定評のある学校だった。

瀧川は綾子と共に、遙香の入学式に出席していた。

父親として――。

三人は連れ立って、ミスター珍《ちん》に戻ってきた。店は臨時休業していた。

「ただいまー！」

遙香が先に入ると、中に、小郷哲司《おごうてつじ》と泰江《やすえ》夫婦の他、制服姿の警察官がいた。

綾子と瀧川が入る。

「あ、舟田《ふなだ》さん」

瀧川が笑顔を向ける。三鷹第三交番に勤務する舟田秋敏《あきとし》だった。

かつての瀧川の先輩で、綾子や瀧川とは学生時代からの顔見知りだ。二人にとって父親のような存在でもある。

「遙香ちゃん、おめでとう」

「ありがとう。どう?」

遙香が制服姿でポーズを取る。

「よく似合ってる。お母さんの若い頃にそっくりだ」

「お母さんも私立だったの?」

「まさか。私たちの時はセーラー服。達也くんは詰め襟を着てたね」

「公立は今でもそれが普通だ。けど、ほんと、綾子の学生時代によく似てる」

瀧川は目を細めた。

「舟田さん、これから遙香の入学祝いにごはんを食べに行こうと言っているんですけど、一緒にどうですか?」

瀧川が言う。

「いや、まだ勤務中だからな。遙香ちゃんの制服姿を一目見たくて、寄っただけだ」

舟田は微笑み、少し瀧川に目線を送った。

瀧川は黒目を動かして、返す。

「綾子、遙香、着替えてきなさい」

「えー、私、制服がいいなあ」

「ダメダメ。これから毎日着て行くものだから、汚しちゃいけないだろう？　楽な格好に着替えておいで」

「はぁい」

遙香はふくれっ面で、綾子と二階に上がっていった。

「おばちゃんたちも、出かける準備をして」

「わかったよ。ほら、あんた。着替えるよ」

泰江が哲司を引っ張って、奥へ引っ込む。小郷夫妻は瀧川と綾子の面倒を長年見てくれていた身内同然の恩人だ。

瀧川と舟田の二人になった。瀧川は舟田の横に腰を下ろした。

「どうだ、有村の生活は？」

「快適です。このままずっと有村のままでいられることを願いますよ」

瀧川が苦笑する。

瀧川は前回の潜入捜査で大怪我を負い、二カ月間入院していた。

退院後、瀧川は公安部との約束通り、少年課への異動が決まった。

しかし、それには条件があった。

公安部から要請があれば、協力を検討すること。

本来、このような条件を呑む必要はないが、瀧川は公安部のやり口をよく知っている。

協力を拒めば、あらゆる手で引きずり込もうとする。瀧川が所属する警視庁公安部〇《ゼロ》課、通称、作業班はそういう組織だった。

であれば、協力を〝拒まない〟という姿勢だけは見せておく方がリスク回避にもなる。

瀧川は拒まない代わりに、自分からも条件を提示した。

まず、綾子と籍を入れた。姓は〝有村〟を名乗ることにした。

なので今、瀧川の戸籍上の名前は〝有村達也〟になっている。そして、本庁生活安全部少年課に所属しているのは有村達也となっている。

その上で、公安部の在籍名は旧姓の瀧川にするよう申し出た。

万が一、敵に在籍がバレたとしても、有村と瀧川を完全に別人扱いしていれば、少しでもリスクは減らせる。

また、協力を拒否した場合、無理に瀧川を公安部に引き戻さないことも強く要望した。

公安部長の鹿《か》倉《くら》稔《みのる》は、これらの条件を二つ返事で了承した。

鹿倉にとっては、どんな形でも拒ませないことが重要だった。

一度条件を折り合わせてしまえば、どんな形でも瀧川を引きずり込むことはできると、鹿倉は踏んでいる。

それは瀧川も重々承知していた。だからこそ、条件を突き付けて呑ませた。少なくとも、これで丸腰ではなくなる。

鹿倉との話し合いの結果は、舟田にも伝えている。

舟田はかつて公安部員の養成教育を受けていた。その後、公安部員とはならなかったが、鹿倉のことはよく知っていて、公安部の手口にも精通している。

瀧川にとっては、仕事で唯一心を許せる相談相手だった。

「その後、接触は？」

舟田が小声で訊いてきた。

「今のところ、まだ」

店の奥に目を向け、短く答える。

「なら、よかった」

「何か気になることでも？」

「詳細は私もつかめていないんだが、何やら、公安部の動きがあわただしい。何かあったようだ」

舟田が早口でしゃべる。

瀧川の顔が険しくなる。

「一応、君の耳にも入れておいた方がいいと思ってね」

「ありがとうございます」

「もし、接触があっても、協力することはないぞ。君は今、少年課の有村達也として、本庁に在籍している。その仕事を全うすればいい」

「わかっています。今は、遙香の父でもありますから、危険な現場はできるだけ避けたいと思っています」

瀧川が言うと、舟田は大きくうなずいた。

「どうしてもの時は、私に言ってくれればいい。鹿倉だけでなく、その上にも話を通すから」

「頼りにしています」

瀧川は笑みを返した。

バタバタと階段を降りてくる音が聞こえた。

瀧川は立ち上がった。遙香が店に出てくる。

「あー、お父さん、まだ着替えてないの？」

「すまんすまん。すぐに着替えてくるから」

店の奥へ向かおうとする。

「お父さんと呼ばせているのか？」

舟田が訊いた。

「遙香がそう呼びたいと言うんで」

「そうか。いいことだ」

舟田が目を細くした。

「そういえば、舟田のおじさん。まだ、入学祝いもらってないんだけど」

遙香がぶしつけに言う。

「こら、遙香！」

瀧川が睨む。

舟田が笑った。

「用意しているんだけど、勤務中だから置いてきた。夜にまた、持って来るよ」

「やった！」

にやっとする。

「こらこら。すみません、舟田さん」

「いいんだよ。遙香ちゃんは、私にとっては孫みたいなものだからな」

舟田が立ち上がる。

「じゃあ、また今晩」

遙香に微笑みかけ、瀧川を見やる。

瀧川は目でうなずいた。

2

警視庁本庁の総務部刑事総務課の課長代理を務める日埜原充《ひのはらみつる》は、鹿倉に呼ばれて、公安部フロアの会議室に赴いていた。

室内には鹿倉と日埜原の二人だけ。空気は重い。

「まだ、行方はつかめないのか？」

日埜原が訊いた。

「ああ。藪野《やぶの》と白瀬《しらせ》に捜させてはいるんだがな……」

鹿倉の声は沈んでいる。

「殺られた可能性は？」

日埜原は慮ることなく最悪の事態を口にした。

「今のところ、彼が殺されたという話は聞こえてこないが、可能性はゼロではない」

鹿倉は淡々と答えた。

鹿倉が捜していたのは、作業班の主任を務める今村利弘《いまむらとしひろ》の行方だった。

三カ月前、ある団体に潜入させたが、一カ月前に音信が途切れ、以来、所在不明となっている。

潜入捜査では、敵方の状況によって連絡が滞ることもある。

しかし、長くても一週間程度。それ以上、関係者へ連絡が付けられない状況に陥った場合、いったん現場を離脱するよう指示をしている。

その指示を徹底しているのは、作業班員の生命保護の観点もあるが、仮に正体が敵方に知られていた場合、敵は作業班員から内部情報を聞き出そうとするかもしれない。

もし、そうした状況に陥れば、作業班員は死ぬよりむごい体験を余儀なくされることになる。

表には出ていないが、肉体も精神も破壊され、廃人同然で退職を余儀なくされた作業班員もいる。

それほど、潜入捜査は危険なものだった。

今村は主任でありながら、自らも潜入を行なっていた。他の作業班員とは違い、危険を察知すれば迷わず離脱する。

作業班員の中には、そうした今村の行動を臆病だ、無責任だと非難する者もいるが、鹿倉や日埜原は、そうは思っていない。むしろ、状況の変化に俊敏に対処する今村の判断力は評価している。

そんな今村からの連絡が途絶えている。

重大なアクシデントがあったと見たほうがいい。

鹿倉はすぐに、その団体に藪野学《まなぶ》と白瀬秀一郎《しゅういちろう》を送り込んだ。

彼らはそれぞれのアプローチで相手の懐に潜って、今村の情報を探っていたが、一向に行方は知れない。

白瀬からは、あまりに今村の動向を探りすぎて、今度は自分たちが疑われ始めているとの報告も来ていた。

鹿倉は藪野と白瀬を引き揚げさせることを考えていたが、今村の捜索を中断するわけにもいかない。今村に次ぐ作業班員のエースである藪野と白瀬をもってしても見つからないという事態に、鹿倉は頭を痛めていた。

作業班員はいくらでもいる。だが、過酷な状況下において任務をまっとうできる人材は、そう多くない。

「やはり、あの男に任せるしかないか……」

鹿倉がつぶやく。

「瀧川ですか?」

日埜原の問いかけに、鹿倉がうなずく。

「瀧川が受けますかね。藪野や白瀬にトラブルが起こっているならまだしも、今村のことは嫌っていましたし、名前を変えてまで、少年課に異動した男です」

「それはわかっているが、この任務を遂行できる可能性が最も高いのが彼であることも、まぎれもない事実だ」

　鹿倉が日埜原を見やった。

「……そうですね」

　日埜原は腕組みをし、うなった。

　鹿倉の言うことはもっともだった。

「誰に説得させますか？　白瀬は、前回の潜入で、今村の指示に従って瀧川を引き込み、大怪我をさせてしまったことを後悔しています。藪野は、そもそも瀧川をもうこっちへ引き込むなと言っていますし、舟田に話せば、全力で抵抗するでしょう。工作で嵌め込むにしても、瀧川はこちらの手口を知っています。最初に取り込んだ時のようにはいかないでしょう」

「私が出よう」

「部長がですか？」

「一刻を争う事態だ。体裁を気にしている時間はない。日埜原、総務関係の手続きがあると言って、瀧川を総務部の会議室に呼び出してくれ。私はそこで待つ」

「わかりました。私から声をかけると疑うでしょうから、総務部の他の職員から呼び出しをかけましょう。もし、瀧川が受けなかった時はどうしますか？」

「その時はまた考える。今は、瀧川にかけてみよう」

「わかりました」

日埜原は席を立った。

鹿倉は組んだ両手に額を押し付け、深く息を吐いた。

3

瀧川は遙香の入学式を終えた翌日、意気揚々と登庁した。

久しぶりに楽しい時を過ごせた。

綾子と遙香、小郷夫妻に舟田も加え、みんなで遙香の入学を祝った。

小郷夫妻も舟田も実の親ではないが、瀧川や綾子にとっては親のよう、遙香にとっては祖父母のような存在。そうした人々で遙香を囲い、食事をしながら談笑する。

子供時代、不遇だった瀧川と綾子にとって、求めていた幸せの光景がそこにはあった。

瀧川は、平凡で静かなその幸せを大事にしたいと心底思った。

そのために全力で仕事をする。

これまでも、警察の仕事には全力を注いでいたが、これからは守るべき者がいる。自分だけでなく、家族を幸せにするために働かなければならない。

そう思うと、いつにもまして気力がみなぎった。

総務部受付の女性警察官に挨拶をすると、呼び止められた。

「有村さん」

気づかずに行き過ぎようとする。

「有村さん！」

女性が少し声を張った。

ハッと気づいて、受付カウンターへ戻る。まだ、有村姓には慣れていない。

「すみません」

瀧川は苦笑いを浮かべた。

「名前変更に関する総務の手続きが残っているので、第二会議室へ行ってください」

「今からですか？」

「はい。そのように指示が出ています」

「なんでしょうか？」

「さあ。詳細は、担当者から聞いてください」

そう言うと、廊下の右奥を見やった。

瀧川から見て、廊下の左奥に総務部の第二会議室がある。

「ありがとうございます」

瀧川は頭を下げ、廊下を進んだ。

登録や共済などの名義変更は全て済ませたと思ったが……。

首を傾げつつ、第二会議室の前に立った。ドアをノックする。

「少年課の有村です」

「どうぞ」

女性の声がした。

ドアを開け、中へ入る。私服の女性警察職員が待っていた。部屋の真ん中に長テーブルがぽつんと設えられている。窓を背にしたほうにパイプ椅子が一つ置かれていた。

「こちらへ」

窓を背にした席へ促される。

瀧川は何も置かれていないテーブルを見ながら、指された席に座った。

「残りの手続きというのは？」

「今、持ってまいりますので、こちらで少々お待ちください」

女性職員はオフィスに通じている左手のドアを開け、部屋を出た。

瀧川は所在なげに部屋を見回していた。

ドアが開く。女性職員が戻ってきた。そう思って左側を向いたとたん、眉間に皺が寄った。

「久しぶりだな」

鹿倉だった。

廊下側のドアも開く。日埜原が姿を見せた。日埜原は後ろ手にドアを閉め、ロックをかけた。鹿倉もドアロックをかける。

鹿倉がテーブルに歩み寄った。日埜原は瀧川に近づく途中で、立てかけてあったパイプ椅子を取った。瀧川の対面に開いて置く。

鹿倉が腰を下ろした。

「私だけでいい」

鹿倉が言う。

「鍵はどうしますか?」

「話を聞かずに出て行くことはしないだろう。なあ、瀧川君」

鹿倉が見つめる。

瀧川は返事をせず、鹿倉を睨んだ。

「では」

日埜原は一礼し、廊下側のドアから出て行った。

鹿倉と二人になった。鹿倉は瀧川を見つめるだけで、口を開かない。

瀧川も黙っていたが、視線に堪えられず、先に言葉を出した。

「ずいぶん、手の込んだことをしますね」

「私の呼び出しだと、君はここへ来なかっただろう?」

「当然です」

瀧川の声が尖る。

「今村からの連絡が途絶えた」

鹿倉は唐突に切り出した。

「えっ」

驚き、思わず声を漏らす。

すぐに、しまった……と思った。

脈絡なく、突然インパクトのある話題を口にする。これは、相手に話を聞かせるためのテクニックだった。

どんなに相手を拒否していても、予想外の話題を振られると、どうしても興味が湧いてしまう。

聞かずに部屋を出ることもできるが、一度脳裏にこびりついた言葉は拭えない。ここで聞いておかなければ、憶測が膨らみ、かえって鹿倉の話に取り込まれやすくなってしまう。知っていた手口だが、ここぞというところでピンポイントに使うあたり、さすがとしか言いようがない。

鹿倉は瀧川をじっと見つめていた。なかなか次の言葉を出さない。

焦らされるほどに、瀧川の気持ちが先ほどの話に向いていく。

ただこれも、あまりに長く焦らすと、相手が冷静さを取り戻してしまう。絶妙なタイミングというものがある。

瀧川はすうっと息を吸い込んだ。

「ある組織に潜入させていたんだが」

鹿倉が切り出した。

ここだ。

相手が深呼吸をしようとした瞬間が最もインパクトを増幅させる。

深い呼吸をしようとしているのは、動揺を収めようとする行為に他ならない。このタイミングを外すと相手は冷静になる。といって、その前では、次の言葉にインパクトがなければ、これまた相手を落ち着かせてしまう。

吸いこんだ瞬間というのもポイントだ。

吐くときより、息を吸う時の方が、息が止まりやすくなる。息が止まると、一瞬血圧が上がり、鼓動が跳ねる。それが動揺を持続させる。

「一カ月、連絡がない」

鹿倉の言葉を聞き、体が熱くなるのがわかる。

「深く潜っているからじゃないですか？」

瀧川はつい言葉を漏らしてしまった。

会話になってしまった。

こうなると、自分が納得のいく答えが出るまでは、話を途中で切り上げることができなくなる。わかっていたが、口からこぼれる言葉を止められなかった。

見事に術中に嵌まった。公安部長という肩書も伊達ではないことを思い知らされる。

「君も知っての通り、一週間連絡が取れなければ、いったん現場を離れなければならない。今村は今まで、その指示に逆らったことはない」

「状況によるのでは？」

「であっても、一カ月の音信不通は長すぎる。最長で十日だ。白瀬と藪野に捜索させているが、手掛かりはつかめない。それどころか、潜入させた白瀬や藪野が潜入した組織に疑われ始めている」

鹿倉はすらすらと話し始めた。ここまで話が進めば、もう駆け引きは必要ない。

「二人に手を引かせてください！」

瀧川が睨む。

「そのつもりだ。が、彼らに代わる者がいない。彼らの身の安全も大事だが、今村の消息も大事だ。今のままでは、どちらかを切り捨てるしかない」

「切り捨てる？」

瀧川は気色ばんだ。

「言い方は酷かもしれんが、現実だ。どちらも取れば、さらなる犠牲者を出すことになるかもしれない。君もそこは理解してくれると思うが」

鹿倉は真顔で見返してきた。

鹿倉を睨み返す。だが、鹿倉の言う通りでもある。

今村、白瀬、藪野のうち、誰かが作業班員の素性を漏らしてしまえば、そこからまた別の作業班員が特定され、危険に晒されることになる。

三人とも簡単に口を割るとは思わないが、万が一がないとも限らない。

災禍の予兆は早めに処理しなければならないのが、鹿倉の立場でもあった。

「どちらを切り捨てるつもりですか？」

「白瀬と藪野だ」

鹿倉は迷うことなく言い切った。

「なぜです？」

瀧川の目尻が吊り上がる。

「彼らは作業班全体を知る立場にない。もし情報が漏れても限定的だ。が、今村はそうではない。彼の口を割られれば、作業班員の多くの素性、行動が敵に知られる。そうなれば、〇課の活動自体ができなくなる」

鹿倉の話は冷淡ながら、筋は通っている。

しかし、白瀬と藪野を切り捨てるという発言は看過しがたい。

「今すぐ、白瀬さんと藪野さんを引き上げさせてください。そして、代わりの者を」

「それは難しい。彼らは今村に次ぐ我が部のエースだ。その二人をもってしても、まるで手掛かりがつかめないとなると、他の作業班員では心許ない。むしろ、中途半端な力量の班員に潜入させると、その者たちの身にたちまち危険が及ぶだろう。それなりの修羅場を潜ってきた者にしか任せられない」

鹿倉は言い、瀧川を正視した。

鹿倉の言いたいことは理解した。

つまり、瀧川に白瀬たちと代わって潜入しろということだ。

だが、受けるわけにはいかない。

ようやく、念願の少年課に異動した。新しい家族もできた。すべてを捨てるような仕事はできない。

瀧川が任務を受けず、白瀬や藪野を引かせないなら、舟田を通じて、上に通してもらえばいい。今村の件は気になるものの、自ら消息を絶って、他の者を内部に送り込もうとしている可能性もある。今村なら、そのくらいの画策はする。

鹿倉から、今村が死んだとか、危険な状況にあるという言葉は出てきていない。実情がつかめていないということだ。

そんなあやふやな現場に飛び込むことはできない。

瀧川は席を立とうと腰を浮かせた。一言断わって、そのまま出て行くつもりだった。と、いきなり鹿倉が立ち上がった。椅子の脇に出ると、突然正座した。

「瀧川君！　君しかいない。頼む！」

土下座をする。

またまた予想外の行動に出られ、瀧川は再び動揺した。

「君なら、誰も切り捨てることなく、この難局を乗り切ってくれる。私とて、部員を誰一人失いたくはない。この通りだ」

鹿倉は額を床にこすりつけた。

古典的な情に訴える手口だが、まさか、鹿倉のような冷酷無比なエリートが、額をこすりつけるまでの土下座をするとは想像すらできなかった。

誰一人失いたくはないという台詞も、鹿倉の本音かもしれないと思うと、言葉がグッと胸に突き刺さった。

鹿倉は頭を上げない。このまま出て行くこともできる。

が……。

「顔を上げてください」

瀧川は言った。

「では――」

鹿倉が顔を起こす。もはやこうなってはどうしようもないと瀧川は観念した。

「引き受けます」

「ありがとう！」

鹿倉は笑顔を滲ませた。ほくそ笑むというより、安堵したという感じの笑みだった。

これほど人間らしい表情を覗かせた鹿倉は、ただの一度も見たことがない。

これも鹿倉の中にある一面なのか。はたまた、これすらも演技なのか……。

「ただし、危険だと判断した場合は、自己判断で離脱します。それが条件です」

「わかっている。君も大事な一人だ。自分の身の安全を第一に考えて行動してくれ」

鹿倉は立ち上がった。裾に付いた埃を払う。

「少年課には話を通しておく。資料は三階フロアの第三会議室に置いておくので、確認してもらいたい」

そう言い、鹿倉はテーブルに歩み寄った。

テーブルに載せた瀧川の右手を強引に取り、両手で包んだ。

「今村を頼む」

強く握りしめる。その手は温かい。

この温もりを信じていいのか……。

瀧川は迷いつつも、鹿倉の手を握り返した。

4

瀧川は部屋を出たその足で、公安部フロアの第三会議室に赴いた。

気が重い。しかし、引き受けた以上は、全力で取り組まなければ、命にかかわる。公安部作業班の任務とはそれほどまで危険なのだ。

会議室へ向かう道々、少年課勤務の有村達也から、公安部作業班員の瀧川達也へと気持ちを切り替えていく。自然と、瀧川の目つきは鋭くなり、五感が研ぎ澄まされていく。

部屋には誰もいない。テーブルにノートパソコンと二冊のファイルが置かれていた。

ドアを閉める。気持ちは完全に、瀧川達也へと切り替わった。

パイプ椅子に座り、さっそくノートパソコンを起ち上げ、IDとパスワードを入力し、公安部のデータにアクセスする。

上にあったファイルを開く。〈護国の戦士に関する情報〉と記されている。

瀧川は検索窓に〝護国の戦士〟と入力し、エンターキーを押した。

当該ファイルが表示された。クリックして、中のPDFファイルを開く。

護国の戦士とは、NPO法人の名称だった。

ホームページのスクリーンショットが添付されている。そこには富士山をバックに文言が記されている。

『私たちは、日本の山林、水資源を外国資本から守る活動をしています』

別のスクリーンショットには、クラウドファンディングにより買い取った山を仲間たちと整備している場面や、盗伐を監視しているシーン、川の清掃をしているところなどが写真入り記事で紹介されている。

その中に、護国の戦士の代表者のプロフィールがあった。

高津晃久という二十八歳の青年だ。笑顔が柔和な清潔な印象を受ける男性だった。

滋賀県出身、東京の大学を卒業した後、一年間、海外を旅して歩き、帰国後は国際協力関係の独立行政法人の職員として働いていた。

そして、二年前に退職し、ＮＰＯ法人護国の戦士を起ち上げ、活動を始めた。

活動費用は、ＳＤＧｓに熱心な企業のファンドからの出資金、活動に賛同する個人からの献金、自治体からの助成金などで賄われている。

少々、国粋主義的なネーミングではあるものの、様々な企業ファンドからの支援を受けている。独立行政法人の職員だったことがプラスに働いているようだ。

活動内容を見る限り、怪しいどころか、これからの日本を背負う頼もしい若者たちの活動にも映る。

しかし、もう一つのPDFを開いてみると、高津の裏の顔が垣間見えた。

NPO法人は営利活動はできない。利益が上がっても、それは団体の活動に充当しなくてはならない。

会計上では、護国の戦士が得た利益は活動に使われていた。

が、細かく見ていくと、とても適正価格とは思えない作業費用を計上していたり、備品を高値で購入していたりする。

さらに問題となったのは、土地取引の履歴だ。

山林を守るためと資金を募り、購入した山や土地の一部が転売されていた。

売却先は日本の企業や個人だが、中には、外国資本が多く入る会社や外国企業とつながりのある人物に売られていた土地もあった。

そして、その売却益の三割ほどが使途不明となっている。金額は億単位だ。

監査では、施設維持費やイベント費となっていて、適切に会計処理されているが、二重帳簿の疑いもあった。

単なる不正会計としても巨額だが、その資金がどこに流れているのかを、公安部は調べている。

高津に反政府活動の履歴はない。だが、護国の戦士の活動に参加している者の中に、多くの極左、極右の活動家が交じっていることが確認されている。

極左と極右は主義主張は違えど、過激な方法で国の在り方を変えたいという手段にたいした違いはない。

右から左に、あるいは左から右に鞍替えする者も数多くいる。そうした者たちは、極端な思想信条に傾きがちな傾向にある。

万が一、護国の戦士が左右問わず、過激な者たちを配下に収め、国家に対して牙を剝けば、面倒な事態を引き起こしかねない。

とはいえ、二十八歳の若者に、そこまでの力量があるとは思えない。

背後に、高津を神輿に担いでいる何者かがいると、公安部は睨んでいた。

三カ月前、事前準備をするため、鹿倉は今村を護国の戦士に潜り込ませた。

これはよくあることだ。

ベテランが先に潜入をして、任務の難易度や危険度を測り、適切な力量の作業班員を送り込む。その査定に今村本人が潜ることもある。

今回も、今村を査察のため潜入させたようだが、本人からの連絡が途絶えたため、白瀬と藪野を送り込み、護国の戦士の内偵と今村の捜索を指示した。

護国の戦士の事務所は、東京都三鷹市にある。しかしそこは事務作業をするだけのオフィスのようで、本拠地は栃木県大田原市にあるキャンプ場のようだった。

茨城県との県境あたりにあるキャンプ場だ。

昨今のキャンプブームで、周辺のキャンプ場は賑わっているが、護国の戦士が集会に使っているキャンプ場は立地が不便で客の集まりも悪いところだったようだ。

キャンプ場は、三年前にオーナーが変わっていた。

永原靖子《ながはらやすこ》という女性で、アウトドア用品の販売会社を営んでいる。

彼女は、護国の戦士にも資金提供していて、買い取ったキャンプ場を高津に優先的に使わせている。おかげで、一般客はほとんどいなくなったものの、売り上げ的にはあまり落ちていなかった。

公安の調べでは、永原靖子は護国の戦士の熱心な支持者というわけでもなく、ＳＤＧｓアピールで環境関連のＮＰＯ複数に資金提供しているようだった。

ただ、護国の戦士に関しては、永原名義で所有しているキャンプ場を高津に優先的に使わせていて、自身の会社が提供した資金が永原本人に還流している可能性もある。

つまり、マネーロンダリングの疑いもあるということだ。

様々な懸念は、今はまだ疑惑の域を出ないが、疑わしきはシロとわかるまで調べなければならないのが、公安の仕事だ。

一通り資料に目を通した瀧川は、椅子にもたれて天を仰ぎ、指で目頭を揉んだ。大きく息を吐いて、目をモニターに戻す。

「厄介だな……」

思わず、声が漏れる。

何度となく現場を踏んだことで、担当する事案がどの程度のものか、なんとなくわかるようになっていた。

勘のようなものだが、正しくは、経験則から導き出された予測だ。そしてそれは、多くの場合、外れない。

とはいえ、引き受けてしまった以上、投げ出すわけにはいかない。

瀧川の口から漏れた大きなため息が、一人の部屋に漂った。

5

「指原《さしはら》君、そこの薪、持ってきてくれる?」

女性が男に声をかけた。

「はい、すぐに!」

天然パーマの頭に手ぬぐいを巻いた長身の男が、薪を五本両腕に抱え、女性の下に持って行った。ガラガラと足下に落とす。

女性は掘った穴をブロックで囲ったスペースに新聞紙やおがくずを敷いていた。

「組みますか?」

「ううん、周りに立てかけてくれたらいい」

「わかりました」

男は細い枝を積み重ねた小山の周りに、太い薪を置いていった。

女性が細長いライターの先端を枝山の奥に入れ、新聞紙に着火した。

炎が上がる。新聞紙の周りに敷いたおがくずに火が回り、強くなった炎が少しずつ薪をいぶり始めた。

近頃のキャンプ場では、地面に穴を掘ったり、ブロックで囲ったりしただけの直焚きは禁止されているところが多い。

しかし、このキャンプ場では、あちこちで直焚きが行なわれていた。

「ここはもういいよ」

「そうですか。では」

笑顔を見せ、自分がいた場所に戻る。

男は薪を割り、薪棚に積み始めた。ひょろりとして力がなさそうに見えるが、鉈《なた》を振り下ろす様は力強く、薪も一発で割れていく。

薪が割れる小気味いい音が山肌に跳ね返り、のどかな空気を醸し出していた。

作業をしていると、森の方から倒木を抱えた小柄な中年男が降りてきた。薪割り男に近づいていく。

中年男は抱えた倒木を男の脇に置いた。

「堀切《ほりきり》さん、ごくろうさんです。これだけですか？」

「だいぶ、倒木は拾っちまったからな」

言って、息をつく。

「お疲れついでですけど、枝打ちしてくれますか？」

「しょうがねえな……」

愛想のない顔で薪割り男の脇に座り、小さい鉈を手に取った。手際よく、枝を根元から切り落としていく。

薪割り男は、広場全体をぐるりと見回した。他のキャンパーたちとずいぶん距離がある。作業をしながら、中年男には顔を向けず、話しかけた。

「先程、本部から連絡がありました。撤収命令です」

「なんだと？」

中年男も枝打ちをしながら返答する。

「三日で抜けろとのことです」

「鹿倉は今村を見捨てる気か？」

中年男の声に怒気がこもる。

堀切という名の中年男は、藪野。指原と名乗っている薪割り男は白瀬だった。

「代わりが来るそうです」

「誰だ？　この現場で立ち回れるヤツはそういない……おい、まさか」

藪野が手を止める。

「その、まさかです」

白瀬が答える。

「何考えてやがんだ！」

藪野の手に力が入り、木の幹に鉈が食い込んだ。

白瀬は苦笑した。

「いや、でも、この現場を乗り切れるのは、彼ぐらいしか思いつきませんよ」

「だからといって、あいつをこっちに戻していいのか」

「僕もそれには反対ですが、このまま主任を放っておくわけにもいきません」

白瀬は言い、手を止めた。薪割り台の周りに転がった薪を拾い始める。そして、藪野に近づく。

「藪さん、抜けるのは三日後です」

小声でささやく。藪野の片眉がピクリと動く。

「終わらせましょう」

そう言うと、白瀬は薪を抱えて、薪棚に行った。

藪野はにやりとし、大きく鉈を振って、枝を切り落とした。

6

「お疲れさん」

日報を書いて着替えた舟田は、受付に声をかけ、三鷹中央署を出た。

と、ビル陰から、男が姿を見せた。

瀧川だった。

舟田は笑顔を見せたが、瀧川の表情を見てすぐ、真顔になった。

歩み寄り、二の腕をポンと叩く。二人は並んで、三鷹通りを駅に向かって歩き出した。

少し黙ったまま、歩く。

そして、瀧川が重い口を開いた。

「舟田さん。実は……」

「受けてしまったか」

舟田は前を見たまま言った。

「……はい」

「鹿倉はどんな手を使った？」

「目の前で土下座をされました」

瀧川が言う。

「古典的だが、君の性格を見切った大胆な方法だな。あの男は、相手を落とすためなら、どんな人物も演じられる。その点に関しては、公安部員を養成する学校内でも群を抜いていた。君が落とされるのも仕方ない」

舟田が微笑む。

「で、どんなミッションだ?」

訊かれ、瀧川はあらましをぽつぽつと語った。

「あの今村が消息不明か……」

舟田の顔が険しくなる。

「どう思いますか?」

「深く潜っているだけだとは思うが、たしかに、鹿倉の懸念もわからなくはない」

舟田は八幡大神社の境内に入っていった。瀧川もついていく。

ひと気のない場所で舟田が立ち止まった。瀧川の顔をじっと見る。

「もう、抜ける気はなさそうだな」

「とにかく、藪野さんと白瀬さんだけでも、現場から無事に戻したいと思いまして」

「そうか。そうだな」

舟田は腕組みをした。

「二人の離脱を確認したら、君もすぐ抜けたほうがいい」

「主任はどうするんですか？」

「今村なら、自力で脱出するだろう。もし、今村がやられているなら、君の手に負える敵ではない。公安部が総力戦で挑まなければならない事案となるだろう」

「それほどですか……」

　瀧川の顔が曇る。

「私も、今村にはいろんな思いがある。君を死の淵に追い込んだ張本人だからな。だが、作業班員として見た場合、彼の力量はやはり現在の公安部で最も優れていると認めざるを得ない。その彼にして、連絡を絶たなければならない状況に追い込まれる事案だ。私なら、綿密に計画を立て、人数をかけて臨む」

　舟田が言い切って、瀧川をまっすぐ見つめた。

「だからこそ、要件を満たしたらすぐ離れたほうがいい。この案件、深く入り込むのは危ない」

　舟田の言葉に身震いした。

「君には家族がある。受けてしまったものは仕方ないが、君が大切にしなければならないのは家族だ。国家のことは、鹿倉たちに任せておけばいい。わかったね」

「そうします」

　瀧川が返事をすると、舟田が笑顔でうなずいた。

「一応、上には話を通しておく。それと、君が留守の間、綾子ちゃんや遙香ちゃんのことは守っておくので、安心してほしい」

「心強いです」

「他府県警合同の少年課の研修が大阪であると言っておけ。期間は十日間。私も綾子ちゃんに訊かれたら、そう答えておくから」

「わかりました」

瀧川が首肯する。

舟田が〝十日間〟と言ったのは、作業班員が連絡を絶つことのできる最長日数だからだ。そのあたりを熟知している舟田がいてくれるのは、本当に頼もしい。

「必ず、戻ってこい。無傷で」

舟田の言葉に、瀧川は強く首を縦に振った。

7

その夜、藪野はキャンプ場の管理事務所へ赴いた。途中、白瀬と合流し、人目を避けつつ、建物に忍び寄った。

管理事務所はプレハブ小屋を三つ連結した横長の造りになっている。

藪野たちは、護国の戦士の活動を支援するサポーターとして、それぞれのテントを張って、キャンプ場に常駐している。

サポーターは、キャンプ場の各箇所に点在していて、その数は五十人から百人といったところ。普段、全員が一斉に集うことはないため、その実数は把握しきれていない。

敷地は背後の山や森とつながっていて、その奥にもサポーターがいる。そいつらがどういう連中なのかもわからない。

藪野と白瀬が内偵に苦戦していたのは、敷地が広大すぎて、全体を把握できないことにあった。

山の奥や川沿いの茂みにも潜むサポーターがいる。それら一つ一つの調査は、ジャングルの奥にあるゲリラの野営地を探すに等しい困難さがあった。

藪野と白瀬は、薪集め要員として、比較的山の奥を自由に動き回れた。それでも、全容把握はできなかった。

白瀬は、何度か管理事務所に入ったことがある。この中の資料のいずれかに、敷地の全体図とサポーターのいる場所の表記があると睨んでいる。

というのも、白瀬たち、一般のサポーターの中には、山深く入り込んで迷ってしまう者もいる。

しかし、管理事務所の人間たちは、迷ったサポーターの位置を的確に把握し、救助に向かい、連れ戻していた。

白瀬の報告を受け、藪野は一度、わざと山の中で迷ったことがある。

その時、助けに訪れたのは、事務所の人間ではなく、山の奥にいたサポーターだった。

そのサポーターは、山奥にいるわりには小ぎれいで、ほんのり石鹸の香りも漂わせていた。

つまり、長い間、テント生活していたわけではなく、交代で野営をしているか、テントではない施設があると推察できる。

藪野は、その場所を探すべく、薪集めと称して山の中をうろついた。

バンガローのようなものが、山の中にぽつりぽつりとあった。

藪野は小屋を見つけるたび、覗いたり、人がいなければ中へ入ってみたりしていた。

が、どうやら、その行為が他のサポーターか、管理事務所の人間に見られていたようだ。

藪野に接触してくる人間の質が変わり、藪野にあれこれと聞いてくるようになった。

藪野はその変化に身の危険を感じ、それを白瀬に伝えた。

白瀬はそのことを鹿倉に報告した。

そして、鹿倉から撤収命令が出た。

藪野と白瀬は、木陰に隠れ、管理事務所のプレハブを見つめた。

午後八時を回ったところ。まだ、一番右端の部屋の明かりが点いている。

「白瀬、資料はどこにある？」

藪野が小声で訊く。

「真ん中の部屋にスチール棚があります。そこでなければ、パソコン内にありそうです」

「わかった。おまえはテントに戻ってろ」

「僕も行きますよ」

「連中が疑ってるのは、俺だ。おまえはまだ疑われてねえ。すぐにここを離脱できる」

「一人で逃げろと？」

「最後まで聞け。うまく、全体図をつかめれば、それを持ってとっととここから脱出する。万が一、俺が捕まれば、連中は今村にしたことと同じことをするだろう。殺されてなけりゃ、今村がどこへ連れて行かれたかがわかる。その時は、おまえはここから脱出して本部に戻り、総動員態勢を整えろ。それで、瀧川の潜入を止められるし、ここを一斉捜索する段取りもつく」

「人身御供になるつもりですか？」

「冗談じゃねえ。俺は死なねえし、こんなクソ共にはやられねえ。瀧川も俺らも無事でいられる最良策を考えたつもりだが」

藪野が白瀬を見つめる。

白瀬はふっと微笑んだ。

「藪野さんにはかなわないなあ。わかりました。その策に乗ります」

「そうしろ。一時間後には戻る。一時間過ぎて俺が戻らなかったら、ここを出ろ。あとは、迅速に捜索態勢を整えて乗り込んでくれ。もし、連中に捕まったら、タイムレースになるだろうからな」

「任せてください」

「頼むぜ、相棒」

白瀬の二の腕を叩く。

白瀬は首肯し、森の木々にまぎれ、自分のテントに戻っていった。

白瀬の姿が見えなくなった。藪野は目を閉じて、大きく息を吸い込んだ。

「さて、行くか」

ふっと息を吐いて目を開き、プレハブに近づいた。

第二章　藪野、離脱不可能！

1

白瀬は少し林の中を大回りして、プレハブ小屋とは逆の方向から斜面を降り、自分のテントに戻った。

周りのテントに明かりはない。みな、寝静まっているようだ。

こっそりと自分のテントに入った。山の夜は暗く、手元も見えない。が、記憶を頼りに財布とスマートフォンだけを手に取って、ポケットに入れた。

寝袋に入って、時計を見る。午後十一時を回ったところだ。午前零時を過ぎても藪野が戻ってこなければ、申し合わせ通り、ここを抜け出す。

荷物は、財布とスマホ以外、残しておいても問題のないものばかりだ。むしろ、指原という偽名が記されているので、敵を攪乱するアイテムになる。

逃げ出す前に、少し体を休めておこう。

白瀬はペットボトルに入れた汲み水を少し飲み、仰向けになった。

連日の薪割作業と潜入の緊張で、目を閉じると、ずしっと背中が沈む。

わざとゆっくり大きく呼吸をする。たまった疲れは取れないものの、日中の疲労は少しやわらぐ。

まどろみに身を委ねていると、テントの外でカサッと音がした。

白瀬が目を開く。耳に神経を集中する。

また、枯れ草を踏みしめる音がする。小枝が折れる音もした。何者かが歩いている。

しかも、足音は二つ、三つと増えていく。

白瀬は音を立てないよう、ゆっくりと上体を起こした。膝を畳んで足裏をつき、そっと上体を前に倒して、低くしゃがんだ体勢になる。

テントの外にランタンの明かりが揺れる。明かりはテントを取り囲んだ。

こりゃあ、ヤバいな……。

マークされているのは藪野だけかと思っていたが、どうやら、自分も疑われていたようだ。

白瀬はテントの出入り口を林の方に向けていた。何かあれば、飛び出して、林の中へ逃げ込むためだ。

じりじりと明かりが迫ってくる。

相手の出方を見るか、一気に動くか。白瀬は思案した。

自分のところに手が伸びているということは、藪野の動向も見張られていたと考える方が自然だ。

白瀬はスマホを取り出し、藪野の番号を出した。ショートメッセージを入れる。

〝100〟

サッと入力し、送信する。

100は昔使われていたテンコードで危険が迫っていると注意を促すコードナンバーだった。白瀬たちが使っている暗号の一つでもある。

正しく記すと〝10－0〟になるが、緊急時のメッセージでは数字だけを表記するように取り決めていた。

メッセージが送信されたことを確認し、素早く電源を落とした。

白瀬のスマホは、一度電源を落とせば、中のデータがオールクリアになるよう、仕込んでいる。

スマホの電源が落ちてすぐ、白瀬は横になった。その直後、テントの出入り口をめくられた。ランタンで中を照らされる。

「指原君」

呼びかけられ、白瀬は顔を起こした。ランタンの明かりに目を細める。

「なんですか？」

答え、あくびをする。

「君、さっき出かけてなかった？」

若い男が声をかけてきた。ランタンの明かりで顔がよくわからない。

「寝てましたけど」

「間違いない？　君が外をうろついてるのを見たって人がいたんだけど」

「見間違いじゃないですか？　それに、うろついているとしても、別に悪いことじゃないでしょう？　なぜ、そんなことを言われるんですか？」

不満顔を作り、ランタンの向こうを睨む。

と、若い男はいったん出入り口から離れた。男の周りに、他のランタンを持った者が二人近づいてくる。

何やら、身を寄せてぼそぼそと話しているようだった。

見張られていたのは自分か、それとも藪野が張られていて、一緒にいるところを見られたか。

どちらにせよ、このまま朝まで留まるのは危険だ――。

白瀬は自分のランタンを点けた。靴を履いて、外に出る。

男たちはいきなり白瀬が現われ、驚いたように後退った。

「もう、目が覚めちまったじゃないですか。トイレついでに、ちょっと散歩してきます」

そう言い、あくびをしながら歩きだす。

「待て！　どこへ行くんだ」

若い男が立ち塞がる。先ほど、テントの中を覗いてきた者だ。

顔を見て、そいつが守屋《もりや》という男だとようやくわかった。

守屋は精悍な大学生といった風情の男で、なんとなくキャンプ場全体のリーダー的な存在となっている。彼が時々、管理事務所に出入りしているのも見かける。

周りを見る。名前はいちいち覚えていないが、守屋とよく行動している大学生ふうの男女が六人いた。

全員が白瀬に視線を向けている。

「トイレに行くと言ったでしょう。起こされた上に、トイレもいけないんですか？」

仏頂面を覗かせる。

「いや、そういうわけじゃないんだが」

守屋がちらっと横の仲間を見やる。

「俺も行くよ」

ジーンズにネルシャツ姿の短髪の男が白瀬に近づいてきた。

「行きましょう」

白瀬は笑顔を向け、短髪の男と共にトイレへ歩きだした。

トイレは管理事務所の近くにある。

「ねえ、君……ごめん、なかなか名前を覚えられなくて」

歩きながら、話しかける。

「池田《いけだ》だよ。よく、おまえのところに薪をもらいに行ってただろ」

「顔は覚えてるんだけどさ。ごめんごめん」

白瀬は人のよさげな笑顔を浮かべ、周りを見る。

トイレに行く道程は、一見、広々としたキャンプ場を抜けていけばいいように見えるが、ところどころに木が生えていて、その隙間を縫うように道を抜けていかなければならない。

おそらく、管理事務所を設置した上の者たちの意向なのだろうが、今回に限っては、白瀬にはありがたい目隠しになる。

「池田君さあ。なんで、僕が外をうろついてたと思ったんだい？」

「守屋さんも言ってただろ。誰かが、おまえが外を歩いているのを見たって」

「誰かって、誰？」

「それはいいだろ」

「よくないよ」

「疑われて、腹が立ってるのか？」

池田が白瀬を見上げる。

白瀬は池田の方を見るふりをして、周囲を見た。ちょうど木々に囲まれたキャンプ場の中の死角に来た。

「まさか。そいつ、目がいいなと思って」

「おまえ……！」

池田が立ち止まった。

白瀬は池田の口を左手のひらで押さえ、木の幹に背を押し付けた。間髪を容れず、鳩尾に右アッパーを叩き込む。

池田は呻き、目を見開いた。

「夜更かしはよくないから、寝ててくれ、池田君」

もう一発叩き込む。

池田は白目を剝いて、ずるずると崩れ落ちていく。

白瀬は池田が握っていたランタンを手に取り、二つのランタンを持ち、腕を広げて揺らしながらトイレの近くまで行った。

そこで一つのランタンを木の陰に置き、もう一つをトイレの脇に置いて、裏に回り込んだ。

逃げててくれよ、藪さん――。

白瀬は木立に身を隠しながら、道路の方へ向かって走った。

2

スマホが震えた。

藪野はびくっとし、ポケットを押さえた。管理事務所から見えないよう、木陰に回って屈み、スマホを取り出す。

白瀬からのショートメッセージだった。

数字を見た途端、藪野の表情が険しくなった。

バレたのか？

コード100が届いたときは、ただちに現場から撤退する。それが、作業班員の不文律だ。

「くそったれ！」

小声で吐き捨て、スマホを睨んだ。

だが、100が届いた以上、退くしかない。

コードを送ってきたということは、白瀬は敵に捕まることなく逃げ果せたのだろうと考えていいだろう。

退くしかないか……。

藪野は電源を落として、白瀬と同じく、スマホ内のデータを消した。立ち上がり、ふと管理事務所の方に目を向ける。

と、真ん中の部屋にいた二人が明かりを消して、出てきた。

息をひそめ、二人の男が行き過ぎるのを待つ。足音とランタンの明かりが遠ざかり、木立の先に消えていった。

あたりがしんと静まり返る。風に揺れるかすかな草木の音と、虫の声しか聞こえない。

五感を研ぎ澄ます。特段、刺すような鋭い気配は感じない。

なんの手掛かりもないまま、ここを去るのは忸怩たるものがある。今村は憎々しい男だが、仲間を置いたまま逃げ出すのは敵に屈したようで気が滅入る。

自分が戻らなければ、白瀬が打ち合わせ通り、上に話を通して、公安部員を総動員し、今村を捜すだろう。

その時、少しでも手掛かりがあれば、いち早く全貌に辿り着ける。

一つ深呼吸をする。

藪野は周囲を見回しながら、管理事務所のプレハブに走り寄った。

いったん、真ん中の部屋のドア前で屈み、あたりを窺う。

ひと気がないことを確認すると、藪野は立ち上がり、ポケットからペンライトを出した。

スイッチを入れると、青白いＬＥＤの光が手元を照らした。

ペンライトを口にくわえ、別のポケットからマイナスのドライバーを出した。

プレハブのドアは上半分がガラス張りになっている。藪野は、ガラスとパッキンの間にドライバーの先端を差し込み、てこの原理で手前に倒す。

バキッと小さな音がして、ガラスに蜘蛛の巣状のひびが入る。

そのままぐいぐいとドライバーでこねると、ガラスが扇状に割れた。

そこから手を突っ込み、ドアの鍵を開ける。

再び、周囲を見回して、ドアを開いて中へ入った。奥のスチール棚に駆け寄る。

ペンライトで中のファイルを照らし、背表紙に書かれたタイトルを見る。それらしきものを棚から出し、広げてみるが、敷地の全体図は見つからない。

当たりを付けて見てみたが、結局、スチール棚にはなかった。

じゃあ、ノートパソコンか……。

細かく調べている暇はない。

デスクに置いて充電していたノートパソコンを取った。充電コードを外し、そのまま抱えて出ようとする。

振り返ると、ドアの外にはいつの間にか人が集まっていた。

なんだ、こいつら……。

目視だけで十人近くの男女が出入り口を塞いでいる。

全体図探しに躍起になっていたとしても、これだけの人間がまったく気配を感じさせなかった。

背中に冷たい汗が流れる。

藪野は身を隠すふりをして、しゃがんだ。スマホの電源を入れ、右足の靴下の中に入れる。

立ち上がると、いきなり強力なＬＥＤライトで顔を照らされた。たまらず、目を細めた。一瞬、視界が白む。

ドアが開いた。足音と人影が近づいてきた。

「手を上げろ！」

若い男が声を張る。

ドライバーを握っている。抵抗することもできる。が、藪野はドライバーとノートパソコンを足下に落とし、両手をゆっくりと上げた。

若い男の脇から、別の男が出てきた。藪野の背後に回ると、右手をねじって背中側に下ろさせ、手首に拘束バンドをかけた。左手もつかんで下ろし、両手首にバンドをかけ、輪っかを絞る。

藪野は少しだけ力を入れ、手首を外側に開いた。皮膚にバンドが食い込む。

背中を突かれた。よろよろと前に出る。

ＬＥＤライトを持った男が事務所を出た。後ろにいた男がもう一度強く、藪野の背中を突いた。

藪野は前のめりになりながら、外へ出た。

たちまち、出入り口を塞いでいた男女が藪野を円形に取り囲んだ。

真後ろの男が、藪野の膝裏を蹴った。藪野は両膝を落とした。

若い男が藪野の前に立つ。坊主頭の筋骨隆々な男だ。見たことがない。

「おまえ、誰だ？」

藪野が見上げた。

「誰でもいいだろう。おまえこそ、ここで何をやっていた？」

坊主頭が訊いてくる。

「誰でもいいわけねえだろうが。人を縛り上げておいてよ」

乱暴な口を利いて睨む。

怒らせようとした。しかし、坊主頭は藪野を見下ろすだけだ。

「俺は横山《よこやま》だ。このキャンプ場の管理を任されている。山を見回っていたが、事務所のアラートが鳴ったというので駆けつけた」

横山が話す。

山にいたにしては、事務所まで来るのが早すぎる。嘘をついているのは明らかだが、指摘はしなかった。

「で、おまえは何をやっていた?」

眼に力がこもる。

藪野は顔をそむけた。

と、後ろにいた男が横山に言った。

「横山さん。書類棚が荒らされていました。あと、ノートパソコンを持ち出そうとしていました」

「書類にノートパソコンか。おまえ、スパイか?」

横山がにじり寄る。

藪野はふうっと息を吐き、顔を上げた。

「スパイってなんだ? こんなところのデータ、誰が欲しがるんだよ」

片笑みを滲ませ、続ける。

「金が要るんだよ。借金踏み倒して逃げてよ。そろそろここも危ねえから、逃げなきゃならねえんだ」

「金だと? ノートパソコンは?」

「売りゃあ、いくらかにはなるだろ? しかし、まったく金目のものがねえんで、入るだけ無駄だったな。さっさと警察に突き出せ。ブタ箱の方が安全だからよ」

開き直った態度を見せる。

「早く呼べよ。盗みました。盗もうとしました。これでいいだろう？」

藪野が強がった笑みを浮かべる。

周りを取り囲んだ男女があからさまに気色ばみ、間を詰めてくる。

危うい怒気だ。今にも襲いかかってきそうな気配に満ちている。

だが、横山は落ち着いていて、静かに藪野を見下ろしていた。

「警察呼ばねえのか？　だったら、金くれ。ちょっと遠くに逃げてえからよ。三万もあればいい」

藪野が要求する。

背後から強烈な怒気が迫ってきた。

暴行を受けると感じ、身を固めた。

横山が後方に目を向けた。迫ってきていた者が脚を止めた。

「追われているなら、匿ってやろう」

「いいよ。迷惑かけちまう。出て行くから、金をくれ」

「いやいや、迷惑など気にするな。ここにいる方が見つからない。おい」

横山は顔を上げ、藪野の後ろにいる者たち何人かに目を向ける。

「こいつを見つからない場所まで連れて行ってやれ。もし、こいつを追ってくる者がいたら、知らないと言い切り、追い返せ。いいな」

横山が言うと、目に見える男女は全員、首肯した。

男二人が両サイドに来た。藪野の脇に腕を通し、立たせる。

「俺も行こう。他の者は、事務所を片づけてくれ。他のサポーターには、この件は黙っておくように」

そう言うと、山の方へ歩き出した。藪野が引きずられるように連れて行かれる。

気づいてくれよ……。

足元のスマホの重みを感じつつ、藪野は男たちに連れられ、山奥に消えた。

3

瀧川は、少年課の勤務が終わったという体で帰宅した後、自分の書斎として使っている部屋で荷造りをしていた。

綾子が着替えを数日分持って、入ってくる。

「達也くん、これでいいかな」

布団の上に畳んだ下着やTシャツなどを置く。

「ありがとう。大丈夫」

「ワイシャツは？」

「新しいのを買ってきてるから、それで足りるよ」

微笑み、持ってきた服をスポーツバッグに詰めていく。綾子も隣に座り、瀧川の作業を手伝う。

「綾子、ちょっと家を空けるが、頼むな」

「研修でしょう？　仕方ないよ」

綾子はさらりと言った。

舟田からの話もあり、本当に研修と信じているようだ。嘘をついているのは心苦しいが、本当のことは話せない。

「遙香は？」

「寝たよ。新しい生活が始まって、あの子も疲れてるみたいだから」

「まだ、慣れないのかな？」

瀧川がこぼす。

「うちの話？　そうじゃなくって、学校のことよ」

「ああ、学校のことか」

「そうよ。達也くんの方が、まだ慣れてないんだね、この生活に」

綾子が笑う。

瀧川は苦笑を返した。

が、実のところ、まだ慣れていないという指摘は半分当たっている。

綾子と結婚し、いきなり子持ちになったこと自体に戸惑いはない。遙香は幼い頃から知っていて、我が子のようなものだったから。

瀧川が戸惑っていたのは、家族という存在そのものだった。

長らく、家族で共に暮らすという生活をしてこなかった。家族で暮らすこと、静かに幸せな共同生活を送ることがどういうものか、思い出せなかった。

イメージはあるが、体感がついてこない。

どことなく、ドラマのワンシーンを演じている気分になることがしばしばあった。

「ねえ、達也くん。私もいろんなことがあったから、正直、ちょっと今の幸せに戸惑うところはあるんだけどさ」

「綾子もか？」

つい、本音がこぼれる。あわてて、うつむくが、綾子は瀧川を見つめ、目を細めた。

「少しずつでいいと思うんだ。いろいろあっても、ちょっとずつ一緒に過ごす時を重ねていけば、いつか自然な家族になれると信じてる。ゆっくりいこうよ」

「そうだな」

瀧川は綾子を見つめ、うなずいた。

「だから――」

綾子は持ってきた衣服をスポーツバッグに詰めると、瀧川を潤んだ瞳で見つめた。

「必ず、帰ってきて。ここが達也くんの家だから」

綾子の瞳の奥に女性の深い強さが滲む。

綾子はわかっていた。その上で、知らぬふりをしてくれている。瀧川の事情をすべて呑み込んで、見守ってくれている。

心強かった。

瀧川は綾子を抱きしめた。綾子も瀧川の背に腕を回し、温もりを確かめるようにぎゅっと抱き寄せる。

と、スマホが鳴った。

瀧川はスマホを見た。0－Kと表示されている。鹿倉からだった。

大きくため息をついて、綾子から離れ、電話に出る。

「もしもし」

——瀧川君。至急、本庁へ来てもらいたい。

「今からですか？」

——緊急事態だ。白瀬が戻ってきた。

鹿倉の言葉に、瀧川の目が一瞬鋭くなる。

「わかりました。すぐに行きます」

電話を切って、立ち上がる。

「綾子。ちょっと本庁に戻らなきゃならない」

ジーンズの左右の後ろポケットに財布と身分証を入れる。

「うちは大丈夫だから」

「頼んだよ」

「うん。いってらっしゃい」

綾子は笑顔で瀧川を送り出す。

瀧川はうなずき、家を出た。


家を出て電車を乗り継ぎ、約五十分弱で霞が関にある警視庁本部に着いた。東京都内では、車で移動するより電車の方が早い。

そのまま公安部のフロアに赴く。出迎えたのは、白瀬だった。

「白瀬さん！」

駆け寄る。

「無事だったんですね。よかった」

握手をする。

「僕はよかったんだがね……」

入口で話していると、公安部長の鹿倉が奥から顔を出した。

「二人とも、第二会議室へ」

そう言い、先に会議室へ向かう。白瀬と瀧川も後に続いた。

会議室へ入る。コの字に並べられたテーブルの奥に鹿倉が、鹿倉から見て右手に白瀬が、左手に瀧川が座った。

「瀧川君、申し訳ないね」

鹿倉が瀧川を見やる。

瀧川は何も言わず、少しだけ目を伏せた。鹿倉は瀧川の反応を一瞥して、話を進めた。

「白瀬君、報告を」

「はい」

白瀬が口を開いたので、瀧川は対面に目を向けた。

「藪野さんが護国の戦士に捕まりました」

白瀬の言葉に、瀧川は息を呑んだ。

「藪野さんは、無事なんですか？」

思わず、訊く。

「わからない。ただ、スマートフォンの電波は生きていて、山の中を動いているようなので、敵が奪って移動しているのでなければ、生きている可能性もある」

白瀬は小さく息を吐いた。

「なぜ、敵にバレたのですか？」

「身分が割れたわけではない。今村主任のことを探っていて疑われ、監視されていただけだ」

「それだけで、拘束されたんですか？」

「いや、そうではなく……」

白瀬が言い淀む。

「君のためにすべてを解決すべく敵陣に乗り込んだところ、捕らえられたというわけだ」

鹿倉が言った。

「僕のためですか？」

白瀬を見る。

「……君が潜入させられると聞いてね。僕と藪さんが、君が送り込まれるまでの三日の間に事案を片付けようと動いたんだ。だが、敵の警戒心は予想以上でね。管理事務所に乗り込もうとしたところを見張られていたんで、緊急離脱のコードを藪さんに送って、僕も現場を離れた。しかし、藪さんは少しでも手掛かりをつかもうとしたんだろうね。緊急コードを無視して、事務所に乗り込み、捕まったというわけ。かえって、君に迷惑をかけてしまったね」

ため息をつく。

「いえ……。僕のためにすみません」

頭を下げる。

白瀬は苦笑し、顔を小さく横に振った。

「しかし、そうまでして、何を探ろうとしていたんですか？」

白瀬に訊いた。

「敷地の全体図だよ」

「全体図？」

「あのキャンプ場の敷地は、山の頂上付近まであって、それ自体は衛星マップでも確認できるんだが、その山の中にぽつりぽつりとサポーターと呼ばれる護国の戦士の支持者が潜んでいる。テントで暮らしている者もいれば、山小屋に滞在している者もいる。その全容がまったくつかめないんだ」

「隠れた支持者がいるということですか？」

瀧川の問いに白瀬は首肯し、続けた。

「おそらく、表に顔を見せない彼らが、護国の戦士の本隊だろう」

白瀬の表情が厳しくなる。

「藪さんも僕も、山の中に点在するゲリラの拠点のような場所に、主任も監禁されているのだろうと踏んでいた。彼らは姿を見せないが、管理事務所の人間は彼らの位置を把握している。その地図なり、システムなりがあるはずだ。それを見つけられれば、主任も捜し出せるだろうし、護国の戦士の本隊も一掃できる。で、勝負に出たんだが——」

「判断ミスだな、藪野の」

鹿倉が冷たく言い放つ。

瀧川は鹿倉を睨んだ。が、鹿倉は平然と見返した。

「一人の判断ミスと勝手な行動で、状況はますます困難になった。それが実情だ」

にべもない言い方だが、正論だった。

「白瀬君はもう潜入はできない。面が割れているからね。藪野が捕らえられた以上、若手や中堅を送り込むのも危険だ。瀧川君、二択なんだが」

鹿倉は瀧川に体を向けた。

「藪野は君のこともよく知っている。君の正体がいつ相手に知られるかわからない。それを承知で潜入を受けるか、もしくは二人を切り捨てるか」

瀧川を正視する。

「断わってくれてもかまわない。状況は変わった」

「僕が断われば、どうなるんですか？」

「他の者に潜入させるが、時間をかけることになる。こちらの情報が漏れている可能性は考慮したほうがいいからな。その間に、二人の身に何か起こっても、それは仕方ない」

鹿倉は淡々と話した。

「一時間後に返事を聞こう」

鹿倉は席を立って、会議室から出て行った。

白瀬と二人きりになる。

「本当に申し訳ない！」

白瀬はテーブルに両手をついて、天板に額をこすりつけた。

「白瀬さん、頭を上げてください。僕の方こそ、本当に申し訳ない」

瀧川も頭を下げる。

「瀧川君。今回の件は断わってくれ」

「どうしてですか？」

「護国の戦士は、これまでの敵と違って、得体が知れない。藪さんと敷地内を回って、武装蜂起の準備でもしているんじゃないかと探ってもみたが、その形跡はなかった。頻繁に集会をしているのかとも思ったが、そうした様子もない。正直なところ、彼らの目的もつかめていない。時間をかけて、潜入したほうがいい気はする」

「でも、主任と藪野さんは」

「二人には自力でなんとかしてもらうしか……」

白瀬が苦悩の色をにじませる。

「わかりました」

「うん、それでいい」

「僕が潜ってきます」

瀧川が言う。

白瀬は目を丸くした。

「いやいや、僕の話を聞いていたかな？」

「はい。その上で決めました。二人の居所と護国の戦士の最終目的を可能な限り探ってきます」

「いや、それは――」

「誰かが一歩踏み込まなければ、事態は打開できない。藪野さんは僕のために危険な目に遭っている。放っておけません」

瀧川は強く白瀬を見返した。

「君を焚きつける気はなかったんだが……」

「わかっています。白瀬さんが心配してくださったことには感謝します」

「君はまったく……」

白瀬は笑みをこぼした。

「わかった。僕もできるだけサポートする」

「お願いします」

頭を下げる。白瀬はうなずいた。

「じゃあ、さっそく、僕らが得た情報を――」

白瀬が話し始める。

瀧川は白瀬の話を聞きながら、作業班員としての勘を研ぎ澄ませていった。

4

瀧川は山頂にたどり着いた。手に持ったトレッキングポールを持ち上げ、グローブの甲で額に滲んだ汗を少し拭い、周囲を見渡す。

周辺の高い山やゴルフ場、果ては川や湖も見える。実に風光明媚な場所だ。

しかし、瀧川に景色を満喫する様子はない。すぐさま、山の南側斜面と木々の間を流れる川に目を向けた。

「この一帯だな……」

瀧川の眼差しが鋭くなる。

眼下に広がる山林や川沿いに、護国の戦士のサポーターが点在している。

瀧川が訪れたのは、護国の戦士が牛耳っているキャンプ場のある山だった。

彼らが持っているのは山の南側。北側は自治体が管理している。登山道が整備され、近隣の人々にはちょっとしたハイキングができる山として人気がある。

南側斜面も、かつては登山ができていたが、護国の戦士が買い取って以来、キャンプ場関係者以外は立ち入り禁止となっていた。

それも、一般のキャンパーは予約を入れようとしても満杯だ、閉鎖期間だと言われて予約できない。

実質、護国の戦士のサポーターのみが集まる場所となっている。

護国の戦士側の言い分では、この山の上には水源があり、無責任なキャンパーから水源を守るため入場を制限しているということだった。

県議会では一時期、護国の戦士が山を買い取ったことを問題視したが、サポーターは水源管理のほか、山林保全、道路の管理修繕などを行なっていて、山は以前より整えられていた。

地方自治体にとって、山林整備の負担は大きな課題だ。それを自ら進んでやってくれている非営利団体であり、一定の保守派議員が護国の戦士の〝日本の山や水源を外国勢から守る〟という主旨に賛同しているため、県議会も強く反対できず、その後、この問題は棚上げされ、放置されている。

今や、この山の半分は、彼らの好き放題に使える占有地と化していた。

瀧川も当初は、サポーターとして潜り込むことを考えた。

が、公安部の資料や白瀬の話を見聞きするほどに、それでは時間がかかりすぎると判断した。

そこで、迷った登山者を装うことにした。

北側から潜入すれば、キャンプ場からはなかなか訪れることのできない森林や谷の調査ができる。

藪野や今村が拉致監禁されているとすれば、森林地帯のどこかと思われるからだ。

サポーターに捕まれば、道に迷ったと言えばいい。

捕まって、そのまま拉致される可能性もあるが、瀧川からの連絡、もしくはスマートフォンの信号が途切れた場合、公安部員が総出で、山に入ることになっていた。

危険な賭けではあったが、短期間で全容を把握するには、それしかなかった。

何より、時間をかければ、藪野たちの生命が危うい。

瀧川は大きく深呼吸した。

息を吐いて、南側の森を見据える。

「行くか」

登山道を外れ、道なきブッシュに入っていく。

草や枯れ枝を避け、少しずつ下っていく。地面は腐葉土で柔らかく、気を抜くと滑り、足が持っていかれる。

木の幹に手をかけ、岩を探して足をかけ、慎重に川の方向へ下りていく。

山林を整備していると聞いていたが、山頂付近は手つかずのままだ。

水源を守るという意味では、山頂付近の原生林をいじらないというのは理に適っている。

森が深くなるにつれ、木の根に生えた苔に足を取られる。途中、何度か尻もちをついたり、膝を落としたりして、靴やズボンはどろどろになってきた。

しかし、迷った感を演じるには、その汚れも悪くない。

四苦八苦しながら下っていくと、どこからか川のせせらぎが聞こえてきた。

瀧川は音のする方に向かおうと、木の根を乗り越えた。岩に足を置く。と、その岩が崩れ、滑った。

トレッキングポールをついて、踏ん張った瞬間、足首が曲がった。

びりびりとした痛みが走り、思わず顔をしかめ、右膝を落とした。

ぬかるみに座り込んで、右脚を引き寄せる。爪先を握って、足首を回してみた。またぴりっと痛みが走った。

「やっちまったか……」

ひどくはないが、捻挫をしてしまったようだ。

瀧川は右の登山靴を脱いだ。バッグから伸縮包帯とサポーターを取り出す。万が一、ケガをしたときのために用意していたものだ。

捻挫は患部を固定していれば、悪化することはない。靴下も脱いで足首に包帯を巻きつけ、ガチガチに固めて、サポーターで足首を包む。靴下を穿いて、登山靴の紐を少し弛め、足を通した。

立ち上がると、痛みはずいぶん治まったものの、足首の自由が利かないせいで、山の斜面を下るのはひと苦労だった。

ポールをつきながら体を支え、右脚を引きずるようにして、なんとか河川敷に下り立った。

川縁に腰かけ、バッグを背にしたまま、両脚を伸ばす。

このまま、護国の戦士の関係者に発見されるまで、山の中を歩き回るつもりだったが、足を悪くして、山を歩き回っている方が不自然だからだ。

不測の事態ではあるが、瀧川は作戦を変え、敵を待つことにした。

無理はしないことにした。

スマートフォンを出し、ショートメッセージで鹿倉に状況を報告した。そして、敵と接触するまで待ってもらうよう伝えた。

鹿倉からの返事はない。今回の潜入報告は瀧川からの一方通行と申し合わせていた。

メッセージ送信を確認すると、スマホを再起動した。電源オフ、もしくは再起動で、送信データや通信履歴が本体やSDカードから完全に消去される作業班員専用の特別仕様スマホだ。

瀧川は地図アプリを表示した。現在地が表示される。その中に、赤い丸がついている場所がある。

この川を西へ進み、そこから森の中を南に進んだあたりだ。

藪野の携帯電波が最後に確認された場所だった。山肌の状況にもよるが、おそらく二十分程度でたどり着く場所だろう。

そこにいるかはわからないが、その周辺に監禁されている可能性は高い。

少しでも近づいておくか。

瀧川はスマホを握って、立ち上がった。トレッキングポールを杖代わりにし、ゆっくりと川沿いを歩いていく。

と、前から坊主頭の体格のいい男が近づいてきた。

瀧川は地図のマークをクリアにした。歩いてくる男に笑顔を向ける。

男は瀧川に応え、笑顔を見せると、駆け寄ってきた。

「どうされました?」

見た目はいかついが、言葉遣いは丁寧だった。

「道に迷ってしまいまして……。なんとか登山道に戻ろうとしたんですが、この通り」

右足首に目を向ける。

「捻挫しましたか」

「ええ」

瀧川は歩き出そうとした。よろける。男が瀧川の身体に腕を回し支えた。

「登山道は、この川沿いを上流に向かって歩けば戻れるんですが、その足だと厳しいですね。今日はここで休んだ方がいい」

「そうしたいところですが、登山用具しか持っていなくて」

「私のテントが近くにありますので、そこでよければ、いらしてください」

「お邪魔じゃありませんか?」

「私のテントは大きいんですよ」

そう言って笑う。

「足も応急処置をしただけでしょう? 私のところに湿布などありますから、手当てしましょう。明日には歩けるようになるでしょうから」

「ありがとうございます。では、お言葉に甘えて、寄らせていただきます」

瀧川は頭を下げる。

「ちょっと歩きますから、がんばってください」

男は瀧川の脇に腕を通して抱え、歩きだした。

5

藪野は薄暗い小屋の中で目を覚ました。

木の香りが濃い。壁は丸太で、隙間から明かりが入ってきている。

寝返りを打とうとした。両手首は背中側で縛られ、両足首も拘束されている。

部屋に人の気配はない。

手首を確かめる。縛られた時、手首を開いたおかげで、少し緩んでいる。

取れそうだな。

藪野は手首をねじるように捏《こ》ねた。じわじわと結束バンドの輪が広がってきた。

マジシャンの拘束脱出と同じ手口だ。マジシャンが体や腕を縛られるとき、ちょっと体や手幅を膨らませて、縛らせる。膨らませた体を縮めると、縄や結束バンドに隙間ができて緩み、手や体がするすると抜ける。

藪野は事務所で拘束される瞬間、敵にわからないよう、手首を開いて隙間ができるように縛らせた。

このまま外すことはできるが、藪野は動きを止めた。

まだ、何も情報はつかめていない。今逃げ出せば、自分一人はかろうじて逃げ果たせるだろうが、今村が生きているとすれば、危険にさらすことになる。

捕まってしまったが、見方を変えれば、これまで潜り込めなかったところに入れたという側面もある。

この際だ。向こうの出方を見てやるか。

藪野は床を芋虫のように這いずり、壁際まで来た。上体を起こして、壁にもたれる。

小屋の中には何もないが、床に埃もなく、きれいだった。

ドアが開いた。飛び込んだ光に目を細める。

大きな体と坊主頭が見える。横山だった。

「起きてたのか？」

「今、起きたばっかだ」

藪野は横山を見上げた。

横山の後ろから、大学生ふうの男も入ってきた。藪野をここまで運んできた男の一人で、水野という名前だった。

「水野」

横山が声をかける。

水野はうなずき、藪野の足元に屈んだ。腰に下げたホルダーからサバイバルナイフを取り出す。

「何をする気だ」

藪野は膝を折って脚を引き、睨んだ。

水野が結束バンドを握り、足を引っ張る。

「じっとしてろ」

水野は言うと、足首の間に刃を入れた。そして、結束バンドを切った。

背中側に回って、藪野の上体を倒させ、手首の結束バンドも切る。

藪野の手足が自由になった。

藪野は手首を握り、くるくると回した。血の気が戻ってきて、指先が痺れる。

「どういうことだ？」

「拘束する必要がないので、拘束具を外しただけだ」

横山が言った。

「調べたのか？」

「おまえの荷物とスマホを調べさせてもらった。特に問題なしと判断した」

「当たり前だ」

藪野は横山と水野を睨んだ。

が、心中は穏やかではなかった。

何をもって問題なしと判断したのか、横山たちの基準が見えない。

とっさに借金があると言ったが、藪野演じる堀切吉雄《よしお》の背景をそこまで作り込んでいるわけではない。

ちょっと調べれば、借金の話が出まかせだということはわかるはず。

嘘だとわかれば、普通なら拘束は解かない。どころか、拷問の一つもして、正体を吐かせようとするだろう。

泳がせるつもりか？　もしくは、コソ泥のような真似をする者に興味はないということか――。

思考が交錯する。

「逃げちまうぞ」

藪野はカマをかけた。

横山がにやりとした。

「かまわんぞ。ただ、おまえも薪拾いしていたからわかると思うが、この山は一度迷ったら、なかなか出られない。夜までに抜けられりゃあいいが、日が暮れたら滑落の危険もあるし、野営すればこの時期でも低体温症になる危険もある。スマホは、悪いが、こっちで処分させてもらった。外部への連絡手段もない。だが、ここにいるなら、寝袋と食い物はやる」

「俺をここで飼うってことか？　何をさせてえんだ、俺に？」

藪野は横山を見上げた。

「あとで、メシと寝袋を持って来させる」

横山は問いには答えず、藪野を置いて、水野と共に出て行った。

ドアが閉まる。

「何を考えてやがるんだ……」

横山の意図が読めない。

ちょっと様子を見てみるか。

藪野は腹を決め、床に仰向けに寝転んだ。

6

瀧川は男のテントにいた。

前室や日よけのある数人用の大きなテントだった。前室には調理道具や発電機もあり、テレビや小型の冷蔵庫まである。

男は瀧川の足の治療を終えると、用事があると言い、テントを離れた。

その間に、家探ししてやろうかとも考えたが、やめておいた。

マットに寝そべり、のんびりしていると、男が戻ってきた。

瀧川は体を起こそうとした。

「いや、そのままそのまま」

男が笑顔を向け、入ってくる。

「どうですか?」

男は瀧川の横に座った。

「おかげさまで、痛みは引いてきました」

瀧川が笑顔で返す。

「そういえば、お名前を伺っていませんでした。僕は橋本《はしもと》と言います」

瀧川は名乗った。橋本充《みつる》というのが、瀧川の潜入名だった。

三十七歳で独身、一部上場の商社に勤めていたが、早期リタイヤし、その後は投資で稼いで、ファイヤー生活を送っている、という設定だった。

「私は横山と言います。コーヒーでもいかがですか?」

「いただきます」

瀧川は上体を起こした。

横山と名乗った坊主頭の男は、日よけの下にテーブルとイスを出した。

電気コンロをテーブルに置き、バッテリーにつなぎ、ケトルでお湯を沸かす。

瀧川は居室を出て、前室のリビングスペースに行った。

「そちらの大きいイスを使ってください」

横山は肘掛けの付いたキャンピングチェアを目で指した。

瀧川はイスに座り、右脚を投げ出した。

テントは森に囲まれた平地に設定されていた。落ち葉や木の根っこが自然な形であるが、広々としている。穴を掘って、川の石で周りを囲ったかまどもある。

横山はインスタントコーヒーをカップに入れ、お湯を注いでかきまぜた。一つのカップを瀧川に渡す。

「インスタントで、砂糖もミルクもありませんが」

「十分です。ありがとうございます」

瀧川はコーヒーを啜った。自然の中で飲むコーヒーはインスタントでもおいしかった。

「ソロキャンプされているんですか?」

瀧川が訊いた。

「ええ」

「許可を取るの、大変じゃなかったですか?」

瀧川が続けて訊く。

近年、自然な山中でのソロキャンプが流行っている。

山でキャンプをする際、様々な許可を取る必要がある。私有地であれば、その山の持ち主や管理者に、国や自治体の共有地であれば、それぞれの自治体に、事前に確認を取らなければならない。

ただ、ブームの中で、無許可で山に入る者やゴミを放置して帰る者が増えたため、許可を出さない管理者や自治体も多くなっている。

「ここは、キャンプ場なんですよ」

「えっ？　とてもそうは見えませんが」

「でしょうね。麓にはきちんと整地されたキャンプ場がありまして、このあたりは野営を楽しみたい人たち用の場所なんです」

「そんなキャンプ場があったんですね。登山道は自治体管理でしたよね。ここもそうですか？」

「いえ。橋本さんが登ってきた北側は自治体管理なんですが、南側は私有地なんです」

「そうだったんですか！　いや、知らなかったとはいえ、すみませんでした」

瀧川が頭を下げる。

「いえいえ、知らずに迷い込んでくる登山者も多いんですよ。一応、看板は立てているんですが、見逃す人も多いようですね。といって、稜線に沿って、金網を張るわけにもいきませんし。だから、迷い込んだ人がいた時は、こちらから声をかけるようにしているんです」

「こちらは横山さんの持ち物ですか？」

「いえ、私はただのキャンパーですが、常連なので、管理者からそうした登山者がいた時は声をかけてあげてくださいと頼まれているだけです」

　横山はすらすらと話した。

「よくキャンプにいらっしゃるんですか。失礼ですが、お仕事は？」

「プログラマーをしています。フリーなので、連絡がつきさえすればどこにいても自由ですし、タブレットが一台あれば、仕事もできます。なので、このキャンプ場に入り浸っているわけでして」

　横山は自嘲した。

「いやあ、いい生活ですね。僕もプログラミングを覚えておけばよかったなあ」

「橋本さんは何を？」

「僕は、いわゆるファイヤーというやつです。早期退職でもらった退職金を元手に、ちょっと株で儲けまして。高配当株をいくつか買って、その配当金で細々と暮らしています」

「それはたいしたもんだ。ご家族は？」

「独り身です。彼女もいないし、両親も他界しているので、気ままに過ごしています。ただ、時々、これでいいのかなあと思う時もありますけど」

　瀧川は苦笑して見せた。

「うらやましい限りですね。私も働かなくてよければ、これともおさらばしたいですよ」

　横山がタブレットに目を向ける。

「ほんと、何かに追われているというのは疲れますよね。僕も、会社を辞めたのはそれが理由でした。毎日、朝から夜遅くまで働いて、誰彼からの連絡に追い立てられて。疲れ切ってしまいました」

「それで、山歩きを？」

「はい。登山をしていると、日ごろの煩わしいことを忘れられます。なので、勤めている時から暇を見つけては、近場の山に登っていたんですけど、やめてからはほとんどの時間を山歩きに充てるようになってしまいまして。世捨て人ですね」

また苦笑いをする。

「ただ、あちこちの山を歩いていて、気になることもいろいろと出てきまして」

「気になることとは？」

「荒れた山が多くなりましたね。僕は高山は行かず里山にしか行かないんですが、倒木は放置されているし、産業廃棄物が捨てられている場所も何カ所かありました。林業が衰退しているせいもあるんでしょうけど、それ以前に、多くの人が山を大切にできていないというか、そういう意識がなくなっているというか。哀しくなりますね、そういうのを目にすると」

瀧川はつらつらと、横山の気を引くようなことをしゃべった。

「それは私も同じ思いです。この山も、キャンプ場が今の管理者になる前は荒れ放題で、放置されていました。それを私たちが整地したんです」

「横山さんたちが？　仕事でですか？」

「いえ、ボランティアです。各地の山林を整備している団体がありまして、その活動の意義に共感したので、自分ができる範囲で時々手伝っているんです」

「それはいい活動ですね。僕も、手伝えることがあれば、手伝いたいな」

瀧川は興味を示したふうを装い、少し身を乗り出した。

「橋本さん、何日かお時間取れますか？」

「気ままな独り身ですから」

瀧川が笑う。

「では、よろしければ、ここでゆっくりしていってください。食料もたくさんありますので。この山には、同じ思いを持った仲間があちこちにいますので、脚がよくなるまで、いろいろと話しましょう」

「よろしいんですか？」

「山の大切さを理解している人は、同志です。仲間たちの話をゆっくり聞いてみてください。それで参加したいと思えたら、ぜひ、一緒に」

「わかりました。では、遠慮なく、泊まらせていただきます。お世話になります」

瀧川は頭を下げた。

捻挫は想定外だったが、思わぬ形で入り込めそうだ――。あいつらの拠点となっているところか。

7

今村は薄暗い小屋の中にいた。かなり広い小屋だ。

両手足を縛られ、汚い床の上に転がされている。

床板には、飛び散った血の跡が点在する。赤い染みもあれば、黒く変色して、板に染み込んでいるものもある。

上半身のシャツはずたずたに引き裂かれ、ズボンは泥や血で黒くくすんでいた。

顔は腫れあがり、原形を留めていない。破れた衣服から覗く肌にも無数の傷があり、干からびた血がこびりついていた。

ドアが開いた。蝶番《ちょうつがい》が軋んで、金切り音を響かせる。

今村は顔だけを起こし、ドアの方を見た。

若い男女が入ってくる。その後ろから、好青年ふうの男も入ってきた。

「まだ、口を割らないのか?」

男が訊く。

脇にいた若い男が答えた。

「しぶといヤツです」

そう言い、今村を見下ろす。

好青年ふうの男が今村の脇に歩み寄り、屈んだ。

今村の髪の毛をつかむ。今村は目をこじ開け、男を見た。

護国の戦士代表の高津晃久だ。今村は高津の顔も名前も知っている。しかし、高津が今村に名乗ったことはない。

周りにいる若い男女も、名を名乗らない。

今村は名前もわからない若者たちから拷問を受けている形になっていた。

「なあ、野口《のぐち》さん。たぶん、野口というのは偽名なんでしょうけど」

ぐいぐいと髪を引いて揺らす。髪の毛を束で引き抜かれそうだった。

「あんた、公安だろ?」

高津は、今村の顔を床に打ちつけた。強くはないが、何度も何度もごつごつと床に叩きつける。

拷問の方法を知っている者のやり口だ。

拷問の目的は、相手を殺すことではない。肉体的、精神的に相手を追い込み、情報を引き出すことが主目的だ。

時に激しい暴行を加えるが、殺してしまっては意味がない。

そういう場合、地味に痛い行為を繰り返すことが有効手段となる。

一度や二度、床に顔を打ちつけられても、ダメージはない。しかし、それが何度も何度も続けば、徐々に効いてくるし、どこまでこの地味な痛みが続くのかと思うと、精神的につらくなってくる。

「こないだ、管理事務所に入って、ノートパソコンを盗み出そうとした者がいた。うちのサポーターを殴って逃げ出した者もいた。全部、あんたの関係者だろ？　ここに何人送り込んでいるんだ？」

高津は手を止めず、今村の顔を打ちつけた。

「だから……何のことか、俺にはさっぱりわからないと言っているだろう……」

今村は声を絞り出した。

と、脇に立っていた女性が言った。

「これだけ拷問しても吐かないということは、公安部員じゃないのでは？」

すると、高津が後ろを向いて、女性を見上げた。

「君は公安部員を知らないね。この人たちは拷問に慣れている。訓練しているかどうかは知らないけど、敵に捕まっても、死んでも口を割らないようにと教え込まれている。ここまで拷問されたら、一般人なら、部員でなくても、自分は公安だと認めてしまう。頑として認めないということがつまり、本物の公安部員であると答えているようなものだ」

高津は髪の毛から手を離して、立ち上がった。

「野口さん、喉が渇いたでしょう。椅子に縛り付けろ」

高津が言う。

若者たちは今村を抱えて椅子に座らせ、ロープで胴体や足を、椅子の背もたれや支柱に巻き付けた。

「頭も固定しろ。額と口と目は隠すな」

高津が命ずる。

男がガムテープを取って、今村の顎下に貼り、背もたれにぐるぐると巻きつけた。

顔も体も動かせなくなった。

「連れてこい」

高津が表に出た。

若者たちが四人で椅子を抱え、今村を連れて外に出る。

高津は川の水を引いている水道の蛇口の脇に立った。

「そこに寝かせろ」

高津が指示をする。

「もう少し後ろに下げて。蛇口の真下に額が来るように置け」

高津は今村の位置を微調整した。

「水さえ飲めれば、人は一週間くらいなら生きられる。その間に、あなたが正直に自身のことを話してくれることを祈ります。時々、見に来ますから、話したくなった時は言ってください」

高津は穏やかな笑みを浮かべ、蛇口を少しひねった。

ぽたぽたと水滴が落ち始めた。落ちた滴が、今村の額に弾け、散る。

このガキ……。

これも有名な拷問の一つだった。

水滴がただただ当たり続けるだけだが、それが永遠に続くと、肌がふやけて破れ、その下の肉と骨を打つようになる。

骨を打つ水滴の音が頭や耳管に絶え間なく響き、脳を痺れさせる。

やがて、思考も意識も朦朧とし始め、得体のしれない恐怖感が腹の底から湧いてくるようになる。

胆力のない者なら、一日もたずに正気を失い、ショックや自害で死んでしまうこともある。

「では、がんばってくださいね、野口さん」

高津は笑顔で言い放ち、仲間と共にその場を去った。

くそったれが……。

今村は歯を食いしばり、水滴を受け続けた。

第三章　瀧川、敵に寝返る！

1

その夜、横山のテントに若い大学生ふうの男女が五人、集まってきた。テントの前で焚火を囲み、食事をし、コーヒーを飲みながら雑談をする。その輪の中に瀧川もいた。

話している分には、横山も含めて、極めて普通のキャンプ好きな人たちにしか映らないし、ただの気のいいキャンプ仲間としか思えない。ただ、山の深くにいるということは、護国の戦士と関わりのある者たちに違いない。

山がどれほど好きかを熱く語ったり、キャンプ用品はどれが好きかなどを言い合ったりしていた。

瀧川もつたない知識で話についていっていたが、三十分もすると、ふと妙なことに気づいた。

各人から、仕事の話が一切出てこない。学生もいるだろうに、学校の話もまったく出る様子はなく、加えて、地元の話がまるっきり聞こえてこない。

一方で、瀧川扮する〝橋本充〟については、根掘り葉掘り聞いてくる。住まいはどこで、今は何をしていて、ファイヤーだと答えるとどんな銘柄を保有しているのかと、一斉に訊ねてくる。

唯一、瀧川に話を合わせるのは、横山だった。

横山は自身が就業しているというIT起業とその業界の話や、株式市場の動向などを口にする。周りの若者たちは、それを聞いてうなずいているだけだ。

まるで、自由に発言することを禁じられているような雰囲気さえ漂う。

瀧川は少し探りを入れてみようと思った。

「みなさん、お仕事や学校は大丈夫なんですか?」

さらりと訊く。

一般登山者なら、当たり前のように訊ねることだろう。

すると、若者たちは一瞬、全員が横山を見た。わずかだったが、全員がそろって、彼に顔を向けた。

横山は気づいていないふりをして、瀧川に微笑みかけた。

「橋本さん。ここでは、自主的に言い出さない限り、そういった話はあまりしないことにしているんですよ。私はかまいませんが、中には職場や学校で心を痛めて、ここへ癒しに来ている人もいます。橋本さんは一時的な滞在なので聞いてしまいましたが」

「それは……知らないこととはいえ、すみませんでした」

瀧川は素直に頭を下げた。

なるほど、そういう理由を掲げれば、誰からも詮索されることはなくなるな。

考えたものだ、と内心思う。

「僕は大学生なんです」

ダンガリーシャツにジーンズ姿の男が、瀧川に顔を向けた。

たしか、水野と名乗った男だ。

横目で横山の顔を見やる。横山は何も言わず、微笑んでいる。

「今、三回生なんですけど、大学卒業後の進路に迷っていて」

「就職しないんですか？」

瀧川が普通の会話をする。

「そういうわけではないんですが、いざ、就活を始めようと思ったら、自分が何をしたいのか、わからなくなってしまって。その時に、森や水源を守る運動をしている団体があるとネットで知って、来てみたんです」

「先程、横山さんが言っていた団体ですか？」

横山を見やる。

横山が首肯した。

「そこで、ボランティアとして活動しているうちに、大学で学んでいることと実態がずいぶん違うことを知りました」

「大学では、そういう系統の専攻を？」

「はい、環境学を専攻していました。環境に対しての大枠は、大学で学んだことと大差はないんですが、個々の事象を体感すると、人による環境破壊の実態は予想をはるかに超えていました。環境保全の根本は、人の活動をどうコントロールするかに尽きると実感したのです」

「なるほど。僕も、その意見には同意します。横山さんにも話したことですが、山を汚しているのはほかでもない、山を利用している人間ですからね」

瀧川は同意してみせた。

すると、水野の隣にいた女性が口を開いた。

「私は、フリーペーパーでフードライターをしていたんですけど、ある時、和食専門店の店主さんから、わさびの質が落ちてると聞いたんです」

「わさび、ですか？」

瀧川の言葉に、女性がうなずく。

「気になって、わさびの生産者に取材をしてみたんです。生産者の方は、こう答えてくれました。良質なわさびを作るのに最も重要なのは水です。澄んだ山の湧水が不可欠なんですが、その水量が減っていて、質も悪くなっている。その原因が、温暖化による積雪の減少、山腹の住宅地造成や太陽光発電パネル設置の開墾、廃棄物の不法投棄、一部登山者によるゴミの放置など、複数の要因が考えられると。このままでは、本当に良いわさびはごく少数しか作ることができず、高価なものになってしまうと嘆いていました」

女性が語る。

彼女が本当にフードライターだったのかは確かめる術もない。ただ、取材と称して、山の環境保全と水資源の重要性に、話題をシフトしていっている。

女性の隣の男が、申し合わせたように話をし始めた。

「僕の叔父は漁師なんですが、この頃、海も荒れているらしいです。山からの土砂が流れ込んで、水草の植生域を潰したり、栄養素が過多に流れ出すぎて、赤潮が頻繁に発生したりして、魚が減っていると話していました」

畳みかける。

瀧川は、事前にここが護国の戦士の根城だと知って入ってきているので、少し距離を置いて話を聞いているが、たまたまここに訪れた者、もしくは護国の戦士のメンバーに誘われて来た若者なら、そのまま話に引き込まれることだろう。

この後、徐々にボランティアと称して、山林の整備や川の清掃などを行なわせて、自分が環境の保全に寄与しているという自負を持たせ、仲間からの称賛で承認欲求を満たし、どっぷり取り込んでいくのだろうと、想像できる。

そこまで洗脳すれば、取り込まれたメンバーたちは思考することをやめ、自分の意思とは関係なく、指導者の意のままに動く駒となり下がってしまう。

ある種の政治的活動に身を投じる者は、程度の差はあれど、一定の思想に偏りがちだ。

それは思想信条なので、節度ある偏りならば、その人を彩る個性となる。

ただ、境を越えると、それは原理主義の様相を呈した信仰となり、目的を達するためには手段をいとわない心理状態へと変容してしまう。

瀧川は様々な現場で、そうした人々に接してきた。

ここもまた、同じニオイがしていた。

瀧川は自身の感情は封印し、次々と話す若者たちの言葉に耳を傾け、興味深げにうなずいて見せた。

一通り、若者たちが語ると、横山が口を開いた。

「橋本さん。実は、この山の水源も危機に見舞われていたんですよ」

「本当ですか！」

大仰に驚いてみせる。

「ええ。なので、ここのオーナーが買い取って、私たちのようなボランティアを募って、山の整備と管理をしているんです」

「ボランティアですか」

「はい。私のように仕事柄、常駐できる者もいますが、ほとんどの人は仕事や学業の合間を縫って手伝ってくれています。それだけでも、山は守られます」

「人がいる、というだけで違いますもんね」

「本当にそうです。かつては、不法投棄もありましたが、すっかりなくなりました。とはいえ、油断するとすぐまた山を汚す者たちは現われますからね。そうならないように、力を合わせてがんばっているところです」

横山が語る。他の者たちも力強くうなずいていた。護国の戦士という名はまだ出さず、まずはクリーンな活動をしっかりアピールしてくる。

「橋本さんもぜひ、ご一緒に」

水野が言った。

「横山さんから話を伺って、そのつもりになっているんですが、まずはこれをどうにかしないことには」

右足首を指さし、苦笑する。

「あと二日くらい安静にしていれば、大丈夫ですよ」

横山が言う。

「明日は、カレーでも作りますか」

女性が言った。

「そうだね。やっぱり、キャンプはカレーがいい」

他の男性が笑った。

「そりゃ、楽しみです」

瀧川は調子を合わせつつ、これからどう動くかを思案した。

2

藪野は、丸太壁の隙間から入ってきた朝日を浴び、目を覚ました。

寝袋から上半身を出して、体を起こす。脇には、菓子パンとパックの牛乳が置かれていた。寝ている間に、誰かが届けてくれたようだ。

拘束は解かれたままだ。

横山は昨日、約束通り、寝袋と食事を若い者に届けさせた。以降、夜の食事も届けに来て、朝もこうして寝ている間に朝食を置いていっている。

何者かが入ってきたことには気づかなかった。

夕食に何か仕込まれたのかと勘繰ったが、薬を盛られたようなだるさはない。

拉致監禁された緊張感が一瞬ほぐれ、寝袋を与えられたことで深く寝てしまったようだった。

おかげで、体調も悪くない。

さて、どうするかな……。

藪野はとりあえず、菓子パンにかじりつき、パックにストローを刺して牛乳を飲んだ。

何をするにしても、腹ごしらえは重要だ。

昨晩、寝入ってしまうまでずっと、横山の意図を考えていた。

藪野が警察関係者だと確信しているなら、決して拘束を解くような真似はしない。

万が一、夜の山にまぎれ、逃げられれば、警察官を拉致監禁した事実だけで、警察に踏み込まれることになる。

リスクは大きい。

しかし、朝を迎えても、横山が再び、藪野を拘束する様子はない。

藪野は立ち上がって、菓子パンを食べながらドア口に近づいた。ノブを回して、押し開けてみる。

鍵は掛かっていない。外に出て、周りを見やる。誰かが見張っている気配もない。

「本当に逃げてもかまわないということか……？」

思わず、声が漏れる。

一方で、横山の言葉を思い出す。

『ここにいるなら、寝袋と食い物はやる』

〝ここにいるなら〟という言葉が、どうしても引っかかる。

スマホを処分して、外部との連絡を取れなくしているところも気になる点だ。

藪野に自由を与えつつ、やんわりと心理的拘束をかけている。

その意味をいろいろと考察したが、どうにも見えない。

藪野は小屋の中に戻って、寝袋の上にあぐらをかいた。食事を済ませ、一息つく。

「……考えても、仕方ねえか」

太腿を平手でパンと叩く。

意図がわからないなら、探るまでだ。

それには、動いてみるしかない。

藪野は寝袋を縦ではなく、横に丸めた。太い紐状にして、右肩から斜めにかけて、腰元で結ぶ。

もし、山を抜けきれず、野営になったとしても、寝袋があれば寒さをしのげる。

藪野は気配を探りつつ、小屋を出た。

山を抜ける方法はわかっている。薪拾いの堀切として活動していた時、何人かのキャンパーから、川の上流に行けば、山の北側の登山道に出られるということは聞いていた。

つまり、川にさえ出られれば、あとは川沿いに上流をたどれば、護国の戦士が巣食っている南側の敷地からは出られるということだ。

しかし、彼らもそれは重々承知しているだろうから、川沿いをのこのこと歩いていれば、あっさりと発見され、連れ戻されるだろう。

森を抜けるしかない。

藪野は鬱蒼と茂る樹林を見つめた。

そこから斜面を目で辿り、頂上を見上げる。

頂上までは、たいした距離がないように見える。だが、この森が曲者だ。迷路のようにアップダウンを繰り返し、気がつけば、森から出られなくなることもある。

上流まで整備された道はあるが、もちろんそこも、護国の戦士のメンバーが監視している。

藪野は道なき森に入っていった。十歩も進むと、たちまち背の高い木々の枝葉に太陽が遮られ、薄暗くなった。

足元は湿り気を帯び、滑りやすい。腐葉土に足を取られ、倒れそうになるところを、木の幹や斜面に手を添えて踏ん張る。

薪拾いのおかげで、多少、山歩きには馴染んでいた。

斜面を斜めに上がっていく。直線的に進みたくなるが、体力を奪われるだけで、角度の付いた斜面に出くわせば、そこで足止めされることになる。

山登りは、ジグザグに上がっていくのが基本だ。道なき道を進むなら、なおさら、体力の温存と前進を両立させなければならない。

慎重に、だがしっかりとした足取りで、少しずつ上へ向かっていると、樹木が切り倒され、青空が覗く場所に出た。

樹木の陰から、その場所を見る。

切り開かれた平地に小屋があった。藪野が監禁されていたような丸太小屋だ。

周囲に視線を巡らせる。人のいる気配はない。

ただ、水がぴしゃぴしゃと跳ねる音が続いていて、それが耳障りで気になった。

藪野は平地の脇を少しずつ回ってみた。小屋のそばに立てた角材に取り付けられた水道の蛇口が見えた。

人の足も見える。

何やってんだ……?

もっと見えるところに回り込む。

椅子の脚に括り付けられた人が横に寝かされている。蛇口の先から垂れる水滴が、その人の顔に落ちている。

藪野は深くしゃがんだ。

拷問か。

一目でわかった。

藪野はそろそろと寝袋を外し、足元に置いた。拷問現場を見てしまったとなれば、正体がどうあれ、藪野を放っておかないだろう。

ここは逃げるしかない。

しかし、拷問されている者を見殺しにするのもしのびない。

せめて、拘束を解いてやりたい。あと逃げ果せるかは相手次第だ。

藪野は腰を低くして、足音を極力立てないように、敷地の際をゆっくりと回った。

やはり、拷問されている者以外に何者かがいる気配はない。

死ぬまで放置するつもりなのか。なぜ、そこまで面倒な殺し方をするのか。見せしめか、それとも——。

人が良く見える場所に身を潜め、拷問を受けている者の顔をよく見る。

細く凝らしていた眼が、みるみると開いていく。

「今村か」

顔は腫れ上がり、原形を留めていないが、鼻や口元の感じ、耳の形や位置、全体の背格好などを確認するほどに間違いない。

今村であろう男は、たまに足先を動かす。まだ息はあるようだが、弱っているのも確かだ。

助けたところで、すぐに動けるかわからない。いったん、自分だけ逃げて、応援を呼ぶ方がいいのか。白瀬が応援を引き連れてくるまで待った方がいいのか。

藪野にしてはめずらしく悩んでいた。

すると、下の方から草木を踏みしめる足音が聞こえてきた。

藪野は深くしゃがんだ。目だけを出し、草の陰から今村らしき男の方を見つめる。

藪野から十メートルほど離れた場所に、若い男が一人、現われた。手ぶらでジーンズとワイシャツを着ただけの男だ。

管理事務所近くのキャンプ場で見たことがある顔だった。

若い男は、今村らしき男に近づいていった。脇にしゃがむ。

「おい、生きてるか?」

頰を平手で軽く叩く。

「こんなもんで……死ぬか」

男が声を絞り出した。掠れてはいるが、その声でハッキリ今村だとわかった。

「すげーな、公安ってのは」

男は立ち上がると、スマホを取り出した。どこかへ電話をする。

「もしもし、私です。野口はまだ生きています。はい……いや、まだ吐くような感じはありません。はい……はい、わかりました」

男は電話を切ると、今村を見下ろした。

「まだ折れてないようだから、様子見だってよ。あんた、早く折れないと、本当に死ぬぞ」

「死にはしない」

「その強がり、明日まで続けばいいがな。また見に来てやるよ。結局、冷たくなってたなんてオチはやめてくれよな。後処理が面倒だからさ」

男は言うと、その場から離れていった。上がってきたあたりの森に消えていく。

慎重に気配を探り、人がいないと判断すると、藪野は草むらから飛び出した。一直線に、今村の下へ走る。

水道の角材に姿を隠すように片膝をついてしゃがみ、声をかけた。

「今村！」

小声で名を呼ぶ。

今村は腫れた瞼をこじ開け、黒目だけを動かした。

「藪野か……。なぜ、ここにいる？」

「なぜじゃねえ。おまえを捜しに来たんだろうが。逃げるぞ」

藪野は椅子の脚に手をかけた。

「待て」

今村が止める。

「何言ってんだ！　急がねえと、連中が来ちまうぞ」

「待て！　俺はこのままでいい」

「いいわけねえだろ！」

藪野は今村を見下ろした。どれくらい水滴を浴びていたのかはわからないが、額の皮膚はふやけ、白く膨らんでいる。このまま浴び続けていれば、皮膚が裂け、出血する。濡れ続けていれば、血は固まることもなく、最悪、失血死する。

「大丈夫だ。連中は俺を殺さない」

「どういうことだ？」

藪野が身を屈めて、今村に顔を近づける。

今村は目をこじ開け、藪野を見据えた。

「高津が接触してきた。ヤツは、俺からの情報を欲しがっている。公安の情報が必要だということだ」

「なぜだ？」

「わからん。それを探る」

「おまえ……死ぬぞ」

藪野が見つめる。

と、今村はうっすらと笑みを浮かべた。

「それが俺たちの仕事だろう?」

言われ、藪野も笑みを滲ませた。

「因果な仕事だな。わかった。俺はどうしたらいい? 今のところ、俺が警察関係者かどうかは、連中も判断しかねている」

藪野が訊いた。

「そうか。なら、つかまって連れ戻されろ。そして、護国の戦士の全容をつかめる何かを探してくれ」

「おまえはどうする?」

「俺は寝返って、ヤツらの懐に入る。連絡が取れる状況があれば、部長に伝えてくれ。作業班員は明かさないが、公安部員の何人かは売るので、部員を送り込むなと」

「わかった」

藪野は周囲を素早く見た。

「死ぬなよ」

今村に言う。

「おまえもな」

今村が片笑みを口辺にかすかに滲ませた。

藪野は草むらに戻り、寝袋をつかんで、森の中へ消えていった。

3

瀧川は川縁にキャンピングチェアを持って移動していた。

横山は他の者たちと森林整備に出かけている。電線もなく、川のせせらぎと枝葉の揺れる音を聞きながら仰ぐ青空は、贅沢だった。

目をつむると、これが任務であることも忘れるくらい心地よい。

今のところ、横山たちは自分を疑っていないようだ。

あまりゆっくり潜るわけにはいかないが、今は焦らない方がいいと判断した。

ぼんやりと川を眺めていた。澄んだ水がゆったりと流れる心地のいい川だ。

が、ふと、瀧川が川岸に目を留めた。清らかな水には不似合いの黒い筋がある。

椅子から降りて、右足首に負担をかけないよう足を伸ばして、しゃがむ。

水面を覗き、瀧川は目を見開いた。

「これは……」

手ですくってみる。

小魚だった。死んでいる。黒い筋は大量の小魚の死骸だった。

「どういうことだ？」

瀧川は水をすくって、臭いを嗅いでみた。特に異臭がするわけではない。

立ち上がって、右脚を少し引きずりながら、川縁を歩いてみる。

水の色が変わっているところはない。川底の石や水草にも変化はなく、穏やかな川の様相を呈している。

誰かが死んだ小魚を流したのだろうか……。

今のところ、そうしたようにしか思えない。

少し周囲を確かめて、椅子まで戻り、それを持ってテントに戻る。

と、テントの裏の方でガサッと音がした。

瀧川は気配を探った。テントの布地に影が映った。回り込んで、川の方へ出ようとする。

瀧川はそろそろと近づいた。

人影が飛び出してきた。とっさに首に腕を巻いた。首を絞め、尻から後ろに倒れる。

「何やってんだ！」

瀧川が耳元で威圧する。

「離せ！　離してくれ！」

上になった男が暴れ、もがく。

その声に聞き覚えがあった。首を起こし、間近で男の顔を見やる。

「藪さん？」

思わず、声を上げた。

すると、男は肘で瀧川の脇腹を突いた。瀧川が思わず腕の力を緩める。男は横に転げ、立ち上がった。

やはり藪野だった。藪野は瀧川を認め、目を丸くした。

「何してんだ、こんなところで！」

「藪さんと今村さんの救出に来たんです。ただ、ここへ来る途中、足をくじいてしまって」

瀧川は右脚に目を向けた。

「冴えねえ話だな。まあ、ちょうどよかった。おまえ、部長に連絡は取れるか？」

「ええ、今なら大丈夫ですが」

「伝言を。今村は生きている」

「本当ですか！」

「ああ。連中から拷問を受けているが、このまま寝返って、懐に潜り込むつもりだ。その際、公安部員の何人かの素性を明かす。なので、ここへ公安部員を送り込むな。俺はここで捕らえられて、再び潜り込み、護国の戦士の全容をつかめる何かを探す。しばらく、俺たちに現場を任せろと」

「逃げてください。潜入は僕が引き受けますから」

「バカやろう。おまえこそ、とっとと消えろ。邪魔だ」

藪野が睨む。

「藪さん。川を見ましたか？」

「あ？　おまえと雑談してる時間はねえんだ」

「小魚の死骸が浮いていました」

瀧川が言う。

藪野の表情が険しくなった。

「大量死です。単なる環境変化によるものか、もしくはなんらかの実験でも行われているのか。ともかく、何かが起こっています。このまま見逃すわけにはいきません」

瀧川はまっすぐ見返した。

「わかった。俺は堀切という名前で潜入している。借金を抱え、逃げてきたという設定だ。名前の漢字は白瀬が知っている。堀切の多重債務者の仕込みをしろと伝えとけ」

「わかりました」

「ヤバいと思ったら、すぐに離脱しろ。こいつらは、俺や今村でもまだあまりつかめてねえ。自分で身を守れ」

藪野はそう言い、寝袋をつかんで川縁へ走っていった。

瀧川は藪野を見送り、スマートフォンを出した。

素早く、藪野からの伝言を入力した。

すぐ近くにあるテントからカサッと音がした。

メッセージの途中で送信し、画面を切り替える。

横山が帰ってきた。

「橋本さん。ここに誰か来ませんでしたか？」

「いえ、誰も」

椅子に座ったまま、横山を見上げる。

横山は瀧川を少し見つめた後、手元に目を向けた。

「誰と連絡を取っているんです？」

「誰とも連絡は取っていませんよ。これを見ているだけです」

瀧川は画面を見せた。

「ああ、証券会社の」

横山が納得したようにうなずく。

瀧川が提示したのは、証券会社のアプリ画面だった。画面では、数字が目まぐるしく動いていた。

「一応、相場がある日はチェックしているんですよ。日経平均が暴落すると、総資産が減って、ファイヤー生活にも多少影響が出てしまうもので。でも、こんな山の中でも、スマホ一つでトレードができるなんて、本当に便利な時代になったものです」

「ほんとですね。その便利がいいかどうかは別として。私もその恩恵に与っている一人ですから」

横山は笑った。その目が、ふと瀧川の背中に向けられる。

「どうしました、その服？」

「えっ？」

背中を見やる。

藪野を引き倒した時に泥がついてしまったようだ。

「少し散歩しようと思ったら、そこで転んでしまいまして」

瀧川は藪野を引き倒したあたりに目を向ける。

「脚は大丈夫ですか？」

「ええ、なんとか」

「気を付けてくださいね」

「ご心配おかけして、すみません」

「いえ、何事もなければいいんです。そうだ。もし、ここへ誰かが来たら、私のスマホに連絡を――」

話していると、遠くから声が聞こえた。

「いたぞ！」

瀧川が声のした方に目を向ける。藪野が逃げていった方向だ。

「誰か探しているんですか？」

そらとぼけて、訊いてみた。

「あ、いえ。もう大丈夫なようなので、気にしないでください。では、ゆっくりしていてくださいね」

横山は笑顔を向けると、声のした方に走っていった。

捕まったか、藪さん。

横山の姿が消える。

瀧川はもう一度画面を切り替え、残りのメッセージを素早く打ち込み、送信した。

4

白瀬は鹿倉部長に呼ばれて、公安部の部屋にある第一会議室へ赴いた。日埜原刑事総務課長代理もいる。

「部長、なんでしょう？」

「藪野の潜入名は？」

鹿倉は白瀬を見るなり、訊いた。

「堀切吉雄です」

「字は？」

鹿倉は手にペンを持っている。

白瀬は鹿倉の下に歩み寄った。鹿倉からペンを受け取り、漢字をメモに記す。

鹿倉はそのメモを破り、日埜原に差し出した。

「すぐに手配を」

日埜原はメモを受け取ってうなずくと、会議室を足早に出た。

日埜原を見送り、鹿倉に向き直る。

「部長、動きが？」

「瀧川から連絡がきた。藪野は生きている。今村の生存も確認された」

「よかった」

安堵の息がこぼれる。

「で、三人の脱出はいつですか？」

「彼らはこのまま潜る」

「えっ」

白瀬の表情が強ばった。

「それは危ない」

「私もそう思ったが、今村と藪野がそう判断したそうだ」

「むちゃくちゃだ……。せめて、瀧川君は離脱させた方が」

「彼も、二人をサポートすると伝えてきた。今村は潜るために公安部員何人かの名を明かす。ここから先、他の者を潜入させることは困難になる」

「三人だけで捜査を?」

「それしかない」

「他の潜入者は?」

「瀧川が潜入するタイミングで引き上げさせた。今村と藪野が残るとは思わなかったのでな……」

鹿倉が手の指を組んで、深く息を漏らす。

仕草や表情を見るに、鹿倉は本当はいったん全員を引き上げるつもりだったように感じる。

「日埜原さんには何を?」

「藪野の偽名、堀切吉雄が借金漬けである証拠を作るため、信用情報センターに借金状況を登録する作業を頼んだ。君からの話でも、堀切吉雄の情報を敵が確認できれば、藪野は大丈夫だろう」

「主任は?」

「わからんが、本物の公安部員を売るのだから、そこでは信頼を得るだろう。あとは、彼がうまく立ち回るのを願うしかない」

鹿倉の顔が、いつも通りの冷静さを取り戻していく。

案じたふりをしたのか、本心だったのか。もはやわからない。が、状況を把握してすぐに切り替えるあたり、さすが公安部のトップだと思う。

「瀧川は迷った登山者をうまく演じているようだ。そこも彼を信じて、任せるしかないだろう」

「僕も再度潜入させてください」

「いや、君には別の場所に潜入してもらう」

「別の場所とは？」

「瀧川が気になる事象を伝えてきた。彼らのキャンプ場のそばを流れる川に、大量の小魚の死骸が浮いていたそうだ」

「小魚の死骸？」

「猛暑ではあるが、特に藻が繁殖し、川が酸欠状態になったという話も聞こえてこない。気になって調べてみると、上流に化学肥料の会社があった」

鹿倉は言い、資料を出した。

白瀬は資料を手に取った。永正化学工業という会社だった。ジェネリック医薬品や人工肥料を作っている会社だ。

一九七三年創業というから、もう五十年になる老舗だった。

「この資料は二年前のものだ。そこの代表者名を見てみろ」

鹿倉が言う。

代表取締役社長は川西健吾《かわにしけんご》となっていた。

しかし、別の資料に載っている現在の社長の顔写真を見ると、白瀬の眼差しが鋭くなった。

「こいつは――」

写真の人物は高津だった。

「どういうことですか?」

「どうやら、倒産寸前だった永正化学工業を高津が買い取って、ここへ本社と工場を移転させたようだ。高津は川西を名乗っている」

「何をするつもりなんですか?　自給自足の農業用の肥料を作っているのか、もしくは別の目的か」

「それを君に探ってもらいたい。本当は別の部員を立てたいところだが、今村が誰を売るのかわからん以上、リスクが大きい。君なら、護国の戦士の内情も知っているし、敵の顔も知っているので逃げ果せることもできるだろう。頼まれてくれるか?」

鹿倉がじっと白瀬を見つめた。

「わかりました。仕込み、お願いします」

白瀬は鹿倉をまっすぐ見つめ、首肯した。

5

藪野は監禁されていた部屋へ連れ戻された。

若い男に乱暴に突き飛ばされ、床に転ぶ。が、やはり横山は、藪野を拘束しようとはしなかった。

「堀切さん。ここにいれば、寝る場所も食べ物もやると言っているでしょうが。なぜ、逃げ出す?」

横山が藪野を見下ろす。

「なぜってよ。手足縛られて、暴行された後に、自由にされて、ここにいろって言われたって、逃げたくなるじゃねえか」

藪野は横山を睨み上げた。

と、横山が笑った。

「そりゃ、そうですな」

ひとしきり笑った後、藪野の傍らに座って、あぐらをかいた。

「なあ、堀切さん。あんた、本当に借金背負って、ここへ身を隠しに来たのか?」

鋭い目を向ける。

「調べりゃいいだろ」

藪野が見返す。

河原で捕まるまでには時間があった。瀧川からの連絡は行っているだろう。横山たちが調べるまでに仕込みが間に合うことを祈る。

「そうさせてもらうよ。で、どうするんだ? また逃げるか?」

「もう逃げねえよ。この森は、ほんとにわからねえ。河原に出るまでも予想以上に時間がかかった。また逃げても同じことになるだろうしな」

あきらめた様子でうなだれる。

「賢明だ。ここにいれば、寝食は満たされる。調べ次第だが、おまえが望めば、借金を返す方法もある」

「ほんとか!」

藪野は顔を上げた。

「ああ、おまえの借金が本当ならな。もし、借金が嘘だとしても、もう拘束はしない。ここにいる限りは、自由にしていい」

「なあ、横山。俺をどうしたいんだ?」

率直に訊いてみる。

「何のための温情かは知らんが、それが気持ち悪いんだよ。させてえことがあるなら、ハッキリしてくんねえかな。だったら、俺もここに腰据えられるんだけどよ」

横山を見つめる。

「おまえの借金を確かめてからだ」

横山はにべもなく返した。

「わかったよ。じゃあ、さっさと調べてくれ。俺はここにいるからよ」

藪野は寝転んで脚を組み、組んだ手を後ろ頭に添えた。

「それでいい。じっとしてろ」

横山が立ち上がる。若い男と共に出て行った。

一人になる。藪野は大きく息をついた。

何をさせる気かわからんが、仕込みがうまくいってりゃ、奥へ潜れるな。

もう一度息をついて、藪野は目を閉じた。

6

今村の下を若い男が訪ねてきた。

「あーあ、ついに皮膚が破れちまったな」

今村の脇にしゃがみ、額を見る。ふやけた皮膚が割れ、血が流れ出していた。

「おまえ、死ぬぞ」

男はにやりとした。

「……呼べ」

「あ？」

「横山を呼べ。俺が知っていることを話す」

今村は声を絞り出した。

「ついに折れたか」

「早くしてくれ」

今村が弱っているふりを演ずる。

男は今村を見下ろしながら、スマホを取り出した。

「……もしもし、青木です。野口が知っていることをしゃべると言ってますが、どうしますか？　はい……はい。額の皮膚は割れてます。はい、わかりました」

青木と名乗った男は、電話を切った。

「おい、手伝ってくれ」

男が森の方に声をかけると、若い男が三人出てきた。

「こりゃひどいっすね」

一人の男が顔をしかめる。

「何日も水滴を浴びてりゃ、こうなる。もっと早く観念すればいいものを。四方を持て。小屋に運ぶぞ」

青木が命じると、椅子に縛り付けたままの今村を横にして脚の部分と背もたれの部分を三人で持った。小屋の中へ運び入れる。

椅子を立たせる。今村の首が大きく揺れ、がくんと前に傾いた。ゆるくなった皮膚がはがれ、血と共に飛び散る。

「うわっ！　飛ばすなよ！」

目の前の男が飛び退く。

「おい、こいつの頭にタオル巻いてやれ」

青木は飛び退いた男に乾いたタオルを投げた。

「俺がですか！」

男は目を丸くする。

「そうだ。早くやれ。傷口を塞ぐようにな」

青木が言う。

男は渋々、タオルを広げて縦に三つ折りし、大きな包帯様にして今村の頭に巻いた。後ろで縛ろうとする。力を入れると、頭皮がずるっと動いた。

「気をつけろ。皮膚が全部剝がれちまうぞ」

青木が言った。

男は優しく、慎重にタオルを巻き、落ちないように結んだ。タオルに血がじわりとにじみ出る。

ドアが開いた。横山が姿を現わした。

「野口さん、傷はどうですか?」

笑顔で近づいてくる。今村の額を覗き込む。

「これはひどいが、ここで屈して正解でしたね。これ以上、水滴に打たれていれば、骨までいかれていただろう。ギリギリまで粘ったというところか。見極めはさすがです」

横山は今村の背後に回り込んだ。青木からカッターを受け取り、手の拘束を解く。

青木にカッターを渡す。青木は脚を拘束していた結束バンドを切った。

手足は自由になったが、長時間縛られ、寝かされていたせいで、関節も筋肉も固まっている。

立とうとした途端、前のめりになって、床に突っ伏した。

「急に動いちゃいけませんな」

横山は今村を起こし、仰向けに寝かせた。

「この状態では、逃げるに逃げられませんな。回復した上で、いろいろ語ってもらうのも一案ですが」

「かまわん。話はできる」

「そうですか。では」

横山はスマホを出した。録音のボタンをタップし、今村の顔の横に置く。

「ではまず、あなたの本名からお願いします」

「飯島紘一《いいじまこういち》だ」

今村は言った。飯島は、公安部の主任だ。作業班ではなく、表の捜査員だった。

「主任を務めている」

「公安部の主任さんですか。それはそれは。あなた方は、何を調べていたんですか?」

「高津晃久および護国の戦士の資金の出所だ」

「なぜです?」

「若い者にしては、山を買い取るなど、資金力が豊富すぎる。クラウドファンディングでは到底賄いきれない。また、護国の戦士が謳っている、外国勢から日本の山を守るというスローガンも気になる」

「それは驚きですね。あなた方もこの国を守るために活動しているわけでしょう。護国のスローガンをなぜ不審に思われる?」

「左も右も関係ない。極端な思想の偏りは、テロリズムを呼び起こす。そこにどのような動機があろうと、日本国内での破壊活動は許されない」

今村は横山を睨んだ。

横山の顔から一瞬、笑みが消える。テロリズムという言葉に気色ばんだようだ。

が、すぐに笑みを作り直した。

「なるほど。参考になります。我々の活動が、公安部にはそう映っていたということですね？」

「そういうことだ」

「何か出てきましたか？」

「私にしたような暴行の事実は見逃せない。拷問の仕方も素人ではない。私以外にも、同じような拷問を加えた者がいるということだ。それはテロリズム以外の何ものでもない。だが――」

今村はトーンを少しやわらげた。

「私が潜入している間に出会った若者たちは、純粋に日本の山林を守りたいと思っている者も多かった。そこは評価している」

「公安の方に評価していただけるとは」

横山が笑みをこぼす。

「やり方の問題だと思う、個人的には。ここには、坂詰《さかづめ》と和田《わだ》という公安部員も潜入させていた。私の部下だ。彼らからの報告によると、君たちは不審な動きをする者、スローガンに異議を唱える者を拉致しては暴行を加えていたようだね」

今村が言う。

坂詰と和田という名の公安部員も本当にいる。しかし、今回の潜入には参加していない。やはりどちらも表の捜査員だ。

名前だけでいい。公安部員の顔が晒された資料を関係者以外がつかむのは無理だからだ。名前だけならこいつらでもなんとか確認できるだろうし、今村が名乗った飯島も公安部だということがわかるはずだ。

横山の顔から、また笑みが消える。

「中には殺した者もいるのではないかという報告も上がってきていたが」

今村の言葉に、横山だけでなく、他の若者たちも殺気立つ。

今村はかまわず続けた。

「君たちが異論を持つ者を排除しようというのはかまわない。思想信条に走る者は異物を排除するのが常だ。ただ、あからさまに暴行を加えたり、まして殺したりしなくても、難は排除できる」

「どうやって？」

横山が訊く。

今村は首を傾け、横山を見上げた。

「俺を仲間にしろ」

言うと、横山たちは目を丸くした。

「本気か？」

「冗談でこんなことは言わない。俺もここでしゃべっちまった以上、公安部には戻れない。だったら、せめて、おまえらをもう少しましな組織に仕上げてやる」

にやりとする。

「俺を味方に付ければ、国家権力も怖くねえぞ」

「そのまま信じるわけにはいかない」

横山が言った。

「そりゃそうだろう。じゃあ、手土産をやろうか」

今村は横山を見つめた。

「おまえに最近近づいてきた者がいれば、それは公安だ」

今村が言う。

横山の黒目が揺れる。心当たりがある証拠だ。

「俺が見定めてやるから、ここへ連れてこい」

今村は畳みかけた。

「一つ訊きたい。背の高い天然パーマの男と小柄で少し小汚い中年男、おまえの部下にはいないか?」

「そんな部下はいない。俺の知らない別ルートで入っていることも考えられなくはないが、今回の潜入は、俺の主導で動いてる。俺が把握していない部員は入ってきていないはずだ」

「そうか……。青木」

横山が声をかけた。

「はい」

「橋本を連れてこい」

横山に命じられ、青木は小屋から駆け出して行った。

「その橋本ってのが、最近、おまえに近づいてきたやつか?」

今村が訊く。

「そうだ。しかし、彼は登山道を迷って、こっちの敷地に入ってきただけで、特に怪しいところはなかったが……」

「公安部員は、徹底して人物像を作り込む。俺のことも途中まではまったく疑っていなかっただろう?」

今村が言う。

横山が奥歯を噛んで、渋い顔をした。

今村が横山たちに捕らえられたのは、テント内に地図を隠していたからだ。

地図には、他の潜入部員が集めた森の中にある小屋の位置や監視用のテントの場所などが記されていた。

それを見て、横山たちは今村が警察関係者、特に公安部ではないかと疑い、拷問にかけていた。

「潜入は常に二、三人単位にしていた。一週間で抜けた者もいれば、一カ月以上滞在していた者もいる。おまえらが、それらを見抜くのは難しい。だが、俺なら一発でわかる」

今村はさらに畳みかける。

「それと、何かを吐かせようとする時に、おまえら拷問しすぎだ。ここまでひどい拷問をしなくても、敵にしゃべらせる方法はいくらでもある」

「どうするんだ？」

「それは、おいおい教えてやるよ」

今村は横山を見て、片笑みを滲ませた。

7

横山のテントで横になっていると、若い男が顔を出した。

「橋本さん」

昨晩、環境破壊について熱く語っていた大学生だ。

「ああ、君は昨日の――」

「青木といいます」

「いいんですか、お名前を伺っても」

「個人的に教え合うことを禁じているわけではないので。横山さんたちと別の場所で集まりがあるんですが、どうですか？」

「いいですね。伺います」

瀧川は笑顔を向けて、立ち上がった。

右脚を突っ張る。

「大丈夫ですか？　ちょっと山の中に入るんですけど」

「川縁も退屈になってきたんで」

登山用のトレッキングポールを持ち、テントを出る。

「こっちです」

青木が曲がりくねった山道を上がっていく。獣道のようだが、しっかりと踏み跡があり、道になっていた。

細い道からまた左右に踏み跡が延びている。よく見ないと見逃がしそうだが、これが山奥を進むときの経路になっているのだろうと、瀧川は見て取った。

茂みを越え、木々の間を抜けて、少しずつ森の奥へと入っていく。

十分ほど歩いて、開墾された平地に出た。小屋が見える。

「へえ、こんなところに小屋が」

「他にもこの森の中には小屋があるんですよ」

「そうですか。回ってみたいなあ」

「足が完治したら、ぜひ」

青木は小屋のドア口まで瀧川を案内した。瀧川は階段を上がり、ドアの前に立った。

「どうぞ」

青木がドアを開ける。

と、青木は瀧川の背中を突き飛ばした。瀧川がよろよろと小屋の中へ入る。

後ろのドアが閉められた。青木がドア口を塞ぐように立っている。

「横山さん、これは……?」

横山に目を向け、仰向けに寝かされている男を見た。

とたん、瀧川の顔が強ばった。

「飯島、どうだ?」

「ああ、こいつは俺の部下の高木《たかぎ》だ」

今村は飯島と名乗り、瀧川のことを部下の高木と言った。

「公安部員だったのか……」

横山が瀧川を見据える。

「こいつには、俺が戻ってこなければ捜しに来いと伝えておいた。公安第一捜査課の部下は、実に仕事熱心だ」

今村が笑う。

横山は瀧川の胸ぐらをつかんだ。

「誰が、ファイヤーだ。適当なこと、ぬかしやがって」

腕に力がこもる。瀧川の踵が浮く。

「まてまて。それをするなと言ってんだ」

今村が言った。

「どういう人物像で入ってきたかは知らないが、おまえら、俺に言われるまでは正体に気づかなかっただろう。放っておけば、高木に深いところまで潜り込まれたぞ」

横山を見上げる。

横山は悔しそうに顔をしかめた。

「けどな。俺たちは潜入のプロだから、おまえらが気づかなくて当然なんだよ。いくらネットで調べようと、決して明かされない手口はある。座学でも学べねえ手口がな。それを俺が実地で教練してやろうってんだ。どうだ？」

「飯島さん、どういうことですか！」

瀧川は今村の芝居にのった。横山の腕を払い、今村を見下ろした。

「公安部員の身元を晒すとはどういう料簡なんですか！」

声を張りつつ、今村のサインを待つ。

「悪いな。俺はこいつらに寝返る。おまえもそうしろ」

「何を言っているんです！　こんな連中に寝返るとは！」

瀧川が怒鳴った瞬間、近くにいた若い男が横から殴りかかってきた。

瀧川は避けなかった。派手に倒れて、今村の上にかぶさる。瀧川の頭が垂れた時、今村が囁いた。

「潜るぞ」

横山が瀧川の背中をつかみ、立たせる。そして胸ぐらをつかみ、拳を振り上げた。

「待てと言ってるだろうが！」

今村が声を張った。

横山が手を止めた。

「こいつには、連絡役をさせる。本部と連絡がつかなくなれば、公安部が一気にここへ攻め込む。それはおまえらにもうまくねえ話じゃないか？」

瀧川は横山を見つめる。

横山は逡巡しつつ、瀧川から手を離した。

「横山、高津に連絡しろ」

「なぜだ?」

「おまえらに寝返る代わりに、報酬はいただく。でないと割に合わねえ。高木の分もだ。こいつももう公安部には戻させねえ。高木! どうする?」

今村に話を向けられ、戸惑った様子でうつむく。

「こいつらと組めば、困らねえだけの金は手に入る。断わりゃ、ここで終わりだ。決めろ!」

今村が瀧川を睨んだ。

瀧川は散々迷った様子を見せたのち、渋々うなずいて見せた。

「そういうことだ。高津に連絡しろ。俺を仲間に引き入れるか、今すぐ、公安警察と喧嘩するかだとな」

今村が言うと、横山は小屋を出た。

「おう、そこに突っ立ってる若いの」

今村が近くにいる若い男を見る。

「包帯とガーゼと薬を持って来い。タオルじゃ、皮膚が剝がれちまう」

若い男は困ったように青木を見る。

「早くしろ！」

今村が怒鳴ると、青木はうなずいて、ドアを開けた。

青木と残った若い男は、多少顔を引きつらせながら、今村を見ている。

この圧倒的に不利な状況の中、手練手管で主導権を取り返し、その場の空気を制する今村の凄みを、瀧川も感じていた。

第四章　鹿倉、炙り出し作戦！

1

高津は万雷の拍手に送られ、壇上から降りた。袖に退けると、与党の衆議院議員が拍手をしながら近づいてきた。

「いやあ、高津君。素晴らしい演説だったよ」

胸を張り、右手を出す。

「ありがとうございます」

高津は握手をした。

高津が出席していたのは、〈若手有志の環境サミット〉というイベントだった。

主催は環境省で、多数の大企業も協賛している。国内外の若手環境活動家を会場に招待したり、リモートで繋いだりして、若者たちが担う未来の環境に関して、演説をぶったり討論したりする会だった。

高津は水資源に関する活動報告や水源を守る重要性を説いた。

このイベントへの参加を促したのが、与党民自党の原田大輔《はらだだいすけ》だ。

原田は環境族の若手議員で、何人かいる与党次世代ホープの一人だ。筋トレで鍛えた肉体に、少し浅黒く灼けた肌、時折覗く白い歯が精悍な雰囲気を醸し出していて、高齢の男女に人気が高い。

原田は与党内で、新人議員の発掘も任されていた。

その原田が目を付けているのが、高津だった。

高津の活動は、一定の若者層に支持されている。高津が次期総選挙で当選を果たし、与党議員となれば、原田の仲間も増え、若者の票を取り込むこともできる。

当然、野党も高津の人気には目を付けていて、接触してきていた。

「高津君、今度、うちの勉強会で話をしてくれないか？」

「もちろん、いつでも行かせていただきます」

高津が答える。

「では、近いうちに段取りをしよう。それと、野党から勉強会の誘いは来ていないか？」

「来てますよ。各政党から」

「そこには出るのか？」

「はい。僕の主張に、イデオロギーは関係ありませんから。今日は機会をいただき、ありがとうございました」

高津は深々と礼をして、控室に戻る。

原田の舌打ちが聞こえた。

高津は背を向けたまま、鼻で笑った。

部屋に戻り、ノートパソコンを開いて、スケジュールをチェックする。この後、午後六時から、経済団体の幹部たちと食事会をすることになっている。

原田のような三文政治屋に、はなから用はない。偉そうなことを口にしても、党内では実力も地位もなく、派閥の領袖の使い走りをしているだけだ。

その程度の小物と組んでも、自分の理想は成しえない。

与野党に幅広く食い込み、上に不満を持つ若手を集めて、一大勢力を作り、一気に政界の主役に躍り出るつもりだ。

そういう意味では、もし原田が党を出て合流するつもりなら、利用価値はある。

なので、付かず離れずで付き合っている。

電話が鳴った。スマホを取り出す。

「もしもし、高津です」

——横山です。

「ああ、お疲れです」

高津が柔らかな敬語で話す。

人の目がありそうな場では、部下であろうと敬語で話すようにしている。護国の戦士の高津晃久は、温和で環境問題に真摯に取り組む好青年。そのイメージを崩さないためだ。

どこで誰が見ているかわからない。一瞬の気の緩みが、足をすくうことになり得るのが、現代の情報過多社会だ。慎重に慎重を期すくらいでちょうどいい。

——野口が落ちました。

「ほお、それはそれは」

高津の口元に笑みが滲む。

——飯島という公安部員でした。高木という飯島の部下も潜り込んでいました。飯島はこちらに寝返る代わりに、高津さんとの面会と報酬を求めていますが、どうしましょうか？

「そうですか。では、お待ちいただいてください。僕は午後六時から会合があるので、午後十時前には事務所に戻れると思います」

——承知しました。

「よろしくお願いします」

丁寧に頭を下げ、電話を切る。

これで、また一つ、弾はそろったな。

込み上げる笑いを噛み殺した。

2

管理事務所にいた横山は、高津との話を終え、電話を切った。

「高津さんは？」

対面のデスクにいた青木が訊く。

「戻りは午後十時になるそうだ。おまえ、それまで公安の二人を監視しておいてくれ。何かあれば、すぐ連絡を」

「わかりました」

青木は首肯し、立ち上がると、事務所を出た。

「小倉」

横山はもう一つのデスクに座っている若い女性に声をかけた。

「はい」

小倉香苗が顔を上げる。

「堀切の信用情報は確認できたか？」

横山が訊く。

信用情報とは、指定信用情報機関に登録されているクレジットや消費者ローンの利用状況を記したデータのことだ。

各指定機関が集めた情報は、交流ネットワークで共有され、クレジット会社や貸金業を営む会社なら誰でも利用でき、情報を確認することができる。

そこには借入総額や返済遅延状況なども記されているため、複数社で限度枠いっぱいに借入していたり、遅延が相次いでいたりしている実態が一目でわかる。

貸金業者が、そうした不良顧客の融資を断わる根拠ともなっている。

いわゆる、ブラックリストと呼ばれているものだ。

「まだ、すべては調べ終えていませんが、複数社から限度枠いっぱいに借りているようです」

横山が言う。

「データを送ってくれ」

香苗は手元のキーボードを操作し、取得した堀切吉雄のデータを横山の端末に送った。

横山は、香苗がまとめたデータを開いて、ざっと流し見た。

「こりゃ、ひどいな」

思わず、苦笑する。

堀切は、今見ているだけでも、七社から限度枠いっぱいにキャッシングをしていた。総額は二百万を超える。

タチが悪いのは、すべてのキャッシングについて、まったく返済していないわけではなく、初めの一回、もしくは二回までは返済しているというところだ。

借りっぱなしでまったく返済しないと、初めから返す意思がなかったと判断され、裁判では詐欺に問われる。

しかし、一回でも返しておけば、返済意思があったとみなされ、詐欺罪は成立しない。

借金慣れした者が使う、姑息な手口だった。

「あと、どのくらい出そうだ？」

横山が訊いた。

「わかりませんね。これまでの多重債務者の例から考えても、未登録や架空登録している業者からも借りていそうです」

香苗が返す。

横山がうなずく。

貸金業者は、貸金業を営む際、財務局長もしくは都道府県知事に登録申請しなければならない。

申請して認められ、登録番号を得て、ようやく仕事を始められる。

この登録番号を持たずに貸金業を営むことは違法となる。

消費者金融や闇金には、違法営業をしているところも多く、はなから登録番号など無視しているところもあれば、架空の登録番号を作ってきれいなホームページを掲載し、いかにも登録業者ですといった顔を装い、顧客を騙す会社もある。

「本物だったか」

横山はにやりとした。端末をシャットダウンして立ち上がる。

「残りも調べておいてくれ」

「承知しました」

香苗の返事を聞き、横山は事務所を出た。

森の中へ入り、斜面を上がって、堀切と名乗っている藪野を軟禁している小屋へ向かう。

小屋へたどり着き、ノックもなしにドアを開けると、藪野は寝袋の上に横たわっていた。

音に気づき、体を起こしてあくびをする。

「なんだ」

不愛想に声をかける。

横山は藪野に近づき、脇に座ってあぐらをかいた。

「調べたよ、堀切さん。あんた、ひどいな」

横山が笑う。

「うるせえな」

藪野が横山を睨む。

「今のところ、七件の借金を見つけた。まだまだありそうだな。無登録業者も含めて、何件借りてるんだ？」

横山が訊いてきた。

間に合ったようだな。藪野は胸の内で安堵した。大きく息をつく。

「わからねえよ」

「わからないほど、借りているということか？」

「そうだよ。五件目くらいまでは、まだ覚えてたけどな。そこから先は借りては別の会社の支払いに回してたんで、どうなってるか、俺にもわからねえ」

藪野はもう一度、大きく息をつく。

「典型的な多重債務者だな。いくらぐらいありそうだ？」

「五百万は借りたと思うが、利息が付いていくらになってるか……。想像もしたくねえ」

渋い顔を覗かせる。

「きれいにしたいか？」

「まあな。でも、やべえところもあるんで、簡単にはいかねえな」

藪野がさらに渋い表情を覗かせる。

「わかった。きれいにしてやる」

横山が言い切る。

藪野はわざと目を見開いて、横山を見た。

「どうやって?」

「うちの顧問弁護士を付ける。信用情報センターに上がっている分は、利息を引き直した上でまとめて返済する」

「やばいのはどうすんだよ」

「そっちも弁護士に対処させる。違法の貸金業者は裁判所に持ち込まれるのが一番困る。元金を戻せば、納得するだろう」

「そんな簡単にいくのか?」

藪野は怪訝そうに目を細めた。

「うちに駆け込んできた者の中に、何人か、多重債務者がいて、そいつらの対処をしたことがある。全員、今はきれいな身になって、社会復帰している」

「金はどうするんだ。まとめて払うったって、何百万もの金はねえぞ」

「うちが肩代わりする」

「本気か?」

目を丸くする。

「冗談でこんなことは言わない。うちがあんたに貸す。貸した分は、うちで仕事をして払う給料から天引きする。あんたは逃げ出さずに働いてくれるだけでいい」

横山はまっすぐ藪野を見た。

虫のいい話だが、借金苦にあえいでいる者なら、飛びつくだろう。

「……わかったよ。そうしてもらおう」

藪野は首を縦に振った。

「で、俺は何をすればいいんだ？」

横山に訊く。

「うちの職員として、各地に飛んで、水源地の取得交渉の手伝いをしてもらいたい」

「なんだ、そりゃ？」

「我々は日本の水資源、山資源の保護と管理を目指している。そのために、水源地のある山を買い回っている。多くの地主は、我々の活動に賛同して、適正価格で土地を譲ってくれるのだが、中にはごねて値を吊り上げようとしたり、管理もできていないのに売りたくないと頑なに拒否したりする人がいる」

「そういう連中を説得する仕事というわけだな。どうやって？」

「方法はいろいろだ」

横山が含みを持たせる。

「倍額払うか、それとも、暴力で屈服させるかといったところか」

藪野は横山を見据えた。

横山が押し黙る。

「おい、正直に話してもらわねえと困る。現場に行って、いきなり暴力沙汰が始まったら、俺も慌てちまうかもしれねえ。逆に、そういうのもあるとわかってりゃ、じたばたしねえ。俺もまっすぐ生きてきた方じゃねえしな」

藪野が片笑みを覗かせる。

と、横山が口を開いた。

「あんたの言うとおり、暴力を使うこともある」

「だろうな」

藪野はさらりと流した。

「話し合いにもならない時だけだが」

「そういう手段は、別にどこでも使ってるもんだ。気にしねえよ。ただ、一つ訊かせてくれ」

藪野は横山に顔を近づけた。

「殺しはしてねえだろうな」

訊くと、横山の黒目が泳いだ。

その動きだけで、答えはわかった。が、横山は言った。

「そこまではしていない」

「よかった」

藪野は離れて、安堵した様子を見せた。

「俺もさすがに人殺しの手伝いはしたくねえからよ」

「当たり前だ。そんなことはさせない」

横山は凜とした顔を作った。

「じゃあ、俺のことはおまえに任せる。頼むな。で、俺はいつから仕事すればいい？」

「まず、ケガを治して、その小汚いなりもなんとかしてからだ。一週間後くらいかな。ここでゆっくりしておけばいい。シャワー室も使っていいが、あまりうろうろしないでくれ」

「わかった。よろしく」

藪野は横山の二の腕をポンと叩いた。

横山は立ち上がって、小屋を出た。ドアを閉める。

殺しのことまで聞いてきやがったな……。

階段を降りて振り返り、小屋を睨んだ。

3

永正化学工業は、高津たちが根城にしているキャンプ場脇を流れる川の上流域にあった。

山肌を削って造られた工場までの片側一車線道路は、十トントラック二台が余裕ですれ違うことができる幅があり、きれいに舗装されている。

この舗装道路は、キャンプ場にはつながっていない。あくまで、永正化学工業が整備したもので、ほぼ会社専用道路として使われていた。

白瀬は、最寄駅から出ている、永正化学工業行きの無料シャトルバスに乗っていた。

天然パーマの髪は横と後ろを短く刈り上げ、パーマが目立たないようにした。

服も、だぼだぼのジーンズに襟元が少し掠れたダンガリーシャツを着ている。ついでに猫背だ。

普段のスタイリッシュな白瀬とはまったくの別人だった。

このバスに乗っているのは、ほとんどが工場で働いている従業員だ。

白瀬は、協力者の伝手で、派遣労働者として潜り込むことになった。

名前は田中耕一《たなかこういち》。スッと耳に入るが、あまり印象に残らない名前だ。いつもの潜入時は、周りの者に明るく親しげに話しかけるが、田中耕一は地味で、暗くはないが冗舌でもないという設定にしている。

本当なら、いつものキャラで入りたいが、今回は敵が白瀬のことを知っている。派手に動いて、潜る前にばれてしまっては、元も子もない。

バスの後ろの方の席で背を丸め、うつむいて座っていた。

と、隣の男が声をかけてきた。

「兄さん、初顔だね」

小柄で痩せた男だ。歳の頃は六十歳前後か。前歯がなく、頬もこけているので、みすぼらしく見えた。

白瀬は顔をうつむけたまま、会釈をした。

「どこから来たんだい？」

「派遣です」

「会社は？」

「パーソナルスタッフです」

目を合わせず、答える。

「ああ、あそこからはよく来てるね。オレはジョブスだよ。ジョブズじゃないよ。ジョブスね、ジョブス」

男は訊いてもいないのに、ぺらぺらとよくしゃべる。歯が悪いのか、あまり磨いていないのか、息が生臭い。

白瀬は言葉に合わせて、小さくうなずいた。

「オレは池田《いけだ》ってんだ」

「田中です」

小さい声で言う。

「田中君か。この工場の作業は楽だよ」

「何をするんですか？」

訊いてみた。

「薬品の原材料を運んだり、倉庫の片づけをしたりするくらいだ。もっとも、第三工場はあんま楽でもないらしいんだがな」

「仕事が違うんですか？」

白瀬が訊くと、池田は周りをちらちらと見て、顔を寄せた。さらに口臭がきつくなる。

「何かの実験の手伝いさせられてるんじゃねえかって話よ」

「実験？　何のです？」

「それはオレも知らねえ。知らねえほうがいいって話してたヤツもいた」

声を潜める。

そして、体を起こした。

「まあ、派遣で第三に送り込まれるヤツはいねえから、オレらは大丈夫だけどな」

「誰が行かされているんですか？」

「契約社員だと聞いてる。なんか、専門知識でもある連中が送り込まれているんだろうな。まあ、あんま第三に近づかないほうがいい。第三の話もあまりするなよ」

「ありがとうございます」

白瀬は小さく頭を下げた。

なぜ、池田が初対面の自分に、そのような話をしたんだろうかと疑った。

ひょっとして、もうバレているのか……。

気になるが、こちらから探りを入れれば、墓穴を掘りかねない。

とりあえずは、現場に行ってみるしかない。

白瀬は、田中耕一になりきり、猫背で地味に小さくなっていた。

4

瀧川と今村は、丸太小屋に軟禁されていた。

室内には二人しかいないが、外には青木を中心とした見張り役の男たちが四人いる。

ドアの前にテーブルとキャンピングチェアを置き、ビールを片手に雑談している。はたから見れば、夜を楽しんでいるキャンパーにしか見えない。

今村は横になっていた。拷問を受けたダメージが残っているようで、時折、眠りにも落ちている。

瀧川は少し離れた壁際に座っていた。

小屋に入って少し話したが、それは飯島と高木としての会話だった。

今村と瀧川の会話内容ではない。

部長に指示されて、〝飯島〟を捜しに来たことや、拷問を受けた〝飯島〟の体調を気づかう話など。護国の戦士に関することは一切話していない。

敵の陣地にいる以上、盗聴盗撮をされていると考えるのが妥当だ。

丸太小屋で二人きりにすれば、何か肝の話をするかもしれないと思い、仕掛けている可能性もある。

今村が向けてくる話の内容を察し、瀧川もそれに合わせていた。

外はすっかり暮れていた。ランタン一つの小屋の中は暗い。

水は与えられていたが、食べ物はない。緊張と空腹で、心身は思った以上に疲れていて、瀧川も壁にもたれてうとうとしていた。

と、いきなり、ドアが開いた。

瀧川はびくっとして、背を立てた。今村も顔だけを起こす。

「お待たせしてすみません、野口さん。いや、飯島さんでしたね」

ランタンの明かりが照らしたのは、高津だった。

「そちらは、高木さんですね。お初にお目にかかります。高津です」

瀧川を見て、微笑む。

高津の顔は、写真では知っていた。だが、実際に会ってみると、写真以上に柔和な雰囲気をまとっている。

とても、原理主義集団のリーダーとは思えない。

「飯島さんはそのまま寝ていてください。体もつらいでしょうから。高木さん、飯島さんの隣に来ていただけますか？」

高津が言う。

瀧川は言われた通りに、今村の隣に行き、腰を下ろした。

高津は瀧川たちの前に座って、あぐらをかいた。

「横山から聞きました。私たちの仲間になっていただけるそうですね」

今村に目を向ける。

「命は惜しいからな」

「公安部員は自分の命も顧みないと聞いていましたが」

「誰から聞いたのかは知らんが、作り話だ。人間、誰でも死にたくはない。公安部員とて同じだ」

「それを聞いて安心しました」

にっこりと笑う。

静かな物言い、柔らかい表情、本当に高津なのかと疑ってしまうほどだ。

瀧川は今村をかばうふりをしながら、高津を睨んでいた。

「高木さんも、我々に協力してくれるんですよね」

「そうさせる。上司命令は絶対だ。心配するな」

今村が言った。

「ありがとうございます。では、報酬についてですが」

高津は今村と瀧川を見やった。

「基本報酬は月額百万円。あとは成果報酬でその都度、金額を決めるというのはどうですか？」

高津が切り出した。

瀧川は悪い条件ではないと思った。が、今村は一蹴した。

「おまえ、舐めてんのか？　こっちは国家権力を捨てて、おまえと組もうと言ってんだ。その程度で力を貸せるわけがないだろう」

「強気ですね」

高津が笑みを作る。しかし、それまでの柔和な笑みとは違い、目が笑っていない。

本性が見え隠れする。

「当たり前だ。これまで積み上げてきたものをすべて失うんだ。そのくらいの敬意は払ってもらわんとな」

「敬意ですか」

高津は笑い声を立てた。甲高い笑い声に、室内は凍りつく。

「さすが、公安部の主任さんだ。交渉がうまい。わかりました。年額報酬一億。プラス成功報酬でいかがですか？」

一気に値を吊り上げてきた。

「それなら請けるが、払えるのか？」

「もちろんです」

「原資は？」

今村が訊いた。知りたかった肝の情報の一つだ。ずばりと切り込んだ。

「クラウドファンディングです……と言いたいところですが、それでは納得してくれないでしょうね」

高津は顔を伏せて、ふうっと息をついた。やおら顔を上げ、今村を見る。

「与野党議員、経済界の重鎮に支援者がいます。そこから資金は出ています。名は明かせませんが、我々と行動を共にするなら、いずれ知るところとなるでしょう。クラウドファンディングもあなたが思っている以上に集まっていますよ。あなたと高木さんの報酬なら、本当にクラウドファンディングで払えます」

高津の語りは変わらず静かだった。

「嘘はなさそうだな。わかった。その条件で請けよう。高木、どうする？」

今村が瀧川を見た。

「主任が請けるのであれば、私も」

「ちょっと待ってください、高木さん」

高津が言葉を挟む。

「あなたは飯島さんに言われたから従うのか、もしくは、条件を聞いて自ら請けようと決めたのか。どちらですか?」

瀧川を見据える。再び、目が据わる。

瀧川は高津をまっすぐ見返した。

「主任に言われたから従うだけだ。おまえたちに寝返るつもりは一切ない!」

眉間に皺を立てて、睨む。

「ありがとうございます。もし、あなたが条件を聞いて請けたと答えていたら」

高津の顔から笑みが消えた。

「消えてもらうつもりでした」

一瞬、刺すような殺気を放った後、再び柔和な笑顔に戻った。

「どういうことだ?」

瀧川が返す。

「条件に目が眩んでいたなら、よりよい条件を引き出そうと、飯島さんを裏切り、自分が主導権を握ろうとするかもしれない。しかし、私があなた方に望むのは、協力態勢です。飯島さんの地位と高木さんの立場を最大限に発揮していただいて、私が欲しい情報を得ていただく。そのためには、お二方どちらもの力が必要です。その協力態勢がとれないとなれば、あなたを消して、また新たな公安部員を呼び込めばいいだけ。そういうことです」

淡々と語る。

その物静かさがかえって不気味でもあった。

「では、高木さんにも飯島さんと同じ条件で、我々に協力してもらいましょう」

「何をさせる気だ？」

今村が訊く。

高津はドアの向こうに声をかけた。若い男が入ってくる。高津が右手を差し出すと、男は手に持っていたビジネスバッグを高津に渡した。

高津はバッグを開いた。中からファイルホルダーを出し、今村の脇に投げた。

瀧川が手に取って、開いた。

様々な人物の顔写真入りデータが入っている。政治家が多かった。

今村にも開いて見せる。

「これは？」

今村が訊いた。

「与野党の議員、経済界の若手、文化人などです。あなた方の手腕を駆使して、そこにファイリングしている者たちの弱みをつかんでいただきたい」

高津が言った。

瀧川が訊いた。

「何をする気だ？」

高津は瀧川に顔を向け、にやりとした。

「私がこの国を変えます」

その目には、偏狭思想に走った者に宿る、根拠のない自信がみなぎっていた。

5

瀧川は解放され、警視庁本庁舎へ戻った。

しかしそれは、高津が提示した人物たちの弱みを調べるためだ。

今村は解放されていない。高津の部下の監視下で瀧川からの連絡を受け取り、指示を送る役目を担わされている。

いわば、人質だった。

瀧川は顔を伏せ気味にエレベーターホールへと向かう。少年課の同僚と出くわさないようにしている。

名前を呼ばれるとまずい。瀧川の胸元には、高性能のマイクが取り付けられていた。外すことは許されない。音声が途切れれば、逃亡したとみなされ、今村が拷問に遭う。最悪の場合、殺される。

ただ、公安部の部屋は外部への電波を遮断しているので、入室中に通信が途切れることだけは伝えた。今村も念を押したため、高津も渋々、その件については了承した。

エレベーターに乗り込み、公安部のある三階フロアに上がる。ドアが開くと、日埜原が前に立っていた。

笑顔を浮かべ、口を開きかける。瀧川は右手のひらを上げて、素早く制した。

日埜原は開きかけた口を噤んだ。

瀧川は自分の胸元を人差し指で指し、口元で×を作って、オフィス内を指さした。

日埜原が先に部屋へ入っていく。瀧川が伝えたことを部員に伝えているだろう。

少し時間を置いて、オフィスに入った。部員たちは瀧川を見て、少し会釈だけをする。

瀧川も会釈を返し、日埜原に導かれ、奥の会議室へ入った。鹿倉が待っていた。

中へ入って、ドアを閉める。

「瀧川君、もう大丈夫だ」

日埜原が言った。

瀧川は鹿倉の下に歩み寄った。

「座ってくれ」

鹿倉は自分の右斜め前の席を指した。

瀧川が椅子を引いて腰を下ろす。多少、緊張が解けて、座ったとたんに両肩が落ち、口から大きなため息がこぼれた。

手に持ったビジネスバッグをテーブルに置く。

「ご苦労。状況は？」

鹿倉が訊く。

「主任と藪野さんは無事です。藪野さんの身元は割れていませんが、主任と僕の身元はバレました。いや、主任がバラしたと言った方がいいでしょうか」

「今村が自ら？」

隣に座った日埜原がこぼす。

瀧川は日埜原の方を向いた。

「身元を明かすことで懐に入る作戦です。主任は飯島、僕は高木を名乗っています」

「飯島に高木か。うちの〝表〟にいる名前だな」

鹿倉が言う。瀧川はうなずいた。

「飯島の部下、高木が動いているという体です。あと、坂詰と和田という部員の名前も出したということです。白瀬さん、藪野さんについては明かしていません」

「わかった。それはこちらで処理しておこう」

鹿倉が言う。

「で、彼らの動きは？」

「これを調べろと命じられました」

ビジネスバッグからクリアファイルを出し、鹿倉の前に差し出す。

鹿倉は手に取って、ぱらぱらと見た。

「政治家に経済界人、文化人の名前まであるな」

「彼らの弱みを調べてこいと言われました」

瀧川が言うと、日埜原が訊いた。

「何を望んでいるんで？」

「新党による政界進出です」

瀧川は日埜原を見て言った。

「誰かを担ぎ上げるのではなく、直接切り込もうというわけか」

日埜原は腕組みをした。

「高津自身が表に立つのかはわかりませんが、護国の戦士の何人かを政界に送り込み、弱みを握った政治家を新党に取り込み、やがて一大勢力とするつもりでしょう。経済界人にはその資金提供をさせ、文化人は広報として使うのでしょうね」

瀧川は推論を口にした。

「その見立ては間違っていないと思うが」

鹿倉が眉間に皺を寄せる。

「何か気になることでも？」

日埜原が訊いた。

「他に何か言っていなかったか？」

鹿倉は瀧川を見た。

瀧川は少し考え、高津の言葉を思い出した。

「私がこの国を変える、と言っていました」

「日本を変えるか……」

「何が引っかかっているんです？」

日埜原が訊いた。

「資金の出所だ」

鹿倉が言った。

「高津は資金の話をしていなかったか？」

瀧川に顔を向ける。

「資金はクラウドファンディングのほか、与野党の議員、経済界の重鎮といった支援者から出ていると言っていました。僕と主任の報酬は年俸一億プラス成功報酬で話が付きました。彼の話では、年俸の一億円は、クラウドファンディングで出せるとのことでした」

「支援者というのはハッタリじゃないのかね？」

日埜原が訊ねる。

「僕もそう思ったんですが、山林の取得費用やファイルにある議員や経済界の若手を落とす工作費用まで考えると、クラウドファンディングだけでは間に合わないと思います」

瀧川が答えた。

鹿倉はテーブルに両肘をつき、指を組んで額を乗せ、何かを考えていた。

やおら、顔を起こす。

「このファイルの人物については、こっちで調べよう。何人かには、餌になってもらう。その上で、資金源を割り出す」

「売るんですか？」

瀧川が鹿倉を睨む。

「もちろん、サポートはする。だが、食い込むには餌が必要だ」

鹿倉の言葉は非情だ。しかし、言う通りでもある。

「一時間、ここで待て。選定をして、一人は君に調査させる。詳しく調査することはない。調査をするふりをして、行動の自由を確保しろ。それで連絡は取れる」

「……わかりました」

瀧川は渋々了承した。

「それと、今、白瀬が永正化学工業に潜っている」

鹿倉が言う。

「どこですか、それは？」

「君が見つけた魚の死骸が気になってな。調べてみると、上流に化学工場があった。その会社の代表、川西健吾は、高津だということがわかった」

「高津が？　別名義で代表を務めているということですか？」

瀧川の問い返しに、鹿倉がうなずく。

「白瀬に実態を探らせている」

「危ないじゃないですか！　白瀬さんは護国の戦士のメンバーに顔を知られています！」

鹿倉を睨みつける。

「護国の戦士を知る白瀬だから頼んだ。見ためを変えて田中耕一という名前で潜っている。危険を察知すれば、すぐ離脱するよう指示している」

鹿倉はまっすぐ見返した。

「君たちは一刻も早く、高津とその背後を炙り出せ。政界進出に薬品会社の乗っ取りとは嫌な感じがする」

鹿倉が言う。顔つきが暗い。追いつめられたような鹿倉の表情を初めて見た。

「日埜原君、ターゲットの選定を」

鹿倉の指示に、日埜原が首肯する。

「少し息をついておけ。ここから先は、気を抜く時間はなくなる」

鹿倉はそう言い、席を立った。

一人になった瀧川は、椅子に深くもたれ、天井を見上げて、大きく息を吐いた。

6

藪野は護国の戦士のメンバーと群馬に来ていた。

農業用水に使う里山の水源地を所有している地主との交渉に立ち会うためだ。髭を剃り、髪を整え、スーツを着せられた。眼鏡をかけたその姿は、ちょっとした会社の役員のように見える。

交渉に臨んでいるのは、田上《たがみ》という若い男に保積《ほづみ》という若い女性、藪野の三人だ。

保積がメインの交渉を行い、田上と藪野はサポートという立場だった。

相手は茂木仁也《もぎひとなり》という七十代の男性だった。小柄だがブルドッグのような顔つきで、気難しい風情をまとった男だった。

保積と田上は、猫脚机を挟んで茂木と向き合っている。藪野はその少し後ろに座っていた。

茂木は林業でこの地に一財を成していたが、国内木材の流通が低迷し、会社は廃業。固定資産税も滞納していることから、一刻も早く、山を手放したいと話している。

しかし、金額と使途がなかなか折り合わず、交渉は難航していた。

「茂木様。この山一帯を三億、移住費に一億、こちらの山の倒木の運び出しと木々の間伐、近隣の農地への水路管理と整備も私どもで行なわせていただきます。これ以上の条件はないと思うのですが」

保積は、笑顔のままやんわりと話しかけた。

だが、茂木は腕組みをしたまま、首を縦に振らない。

時折、田上も助け船を出すが、茂木は頑なに拒否をしていた。

藪野は交渉の様子を少し後ろでじっと見ていた。

そういうことか——。

茂木の様子を見て、感じるところがあった。

保積と田上は、茂木が躊躇するたびに、少しずつ金額や条件を吊り上げていた。

そのたびに、茂木はペンを取ろうとするそぶりを見せつつ、最終的には同意しない。

それを見て、保積はもう少しと思うのか、条件を上げていく。

値踏みしてやがんな、このおっさん……。

藪野は摺り足で保積と田上の間に割って入った。年配者が出てきたことで、茂木の顔が少し強ばった。

「茂木さん。では、山の売買費用と移住費を含めて、七億出しましょう」

藪野が言う。

保積は驚いて、藪野の方を見た。藪野は右手を上げ、何か言おうとするのを制した。

「これ以上はうちも出せません」

「七億ねえ……。うちの山の木材資産や水利権を含めると、十億の価値があってもおかしくないんだがねえ」

茂木がやんわりとごねる。

「七億ですな。これでも破格です。本来の価値は一億もありませんよ、お宅の山は」

「なんだと！」

茂木がいきなり声を荒らげた。

保積と田上があわてた素振りを見せる。が、藪野は涼しい顔で茂木を見返した。

「ちょっと調べさせてもらいましたが、倒木がかなり多い。おそらく、豪雨の影響だと思いますがね。その運び出しだけで億単位の経費がかかる。山に植えた杉はよく育ってはいるものの、枝打ちを怠っていたせいか、曲がっているものが多い。製材として使える部分は少ない。市場価値は高くないでしょうな。また、産廃の盛り土もあるようですね。大雨で土砂崩れが起きれば、賠償金は十億じゃ済まない。そうなる前に、盛り土の整備もしなければならない。他にも買いたいという業者が来ていると思いますが、それはおそらく、産廃業者か、もしくは太陽光発電の業者。そうじゃありませんか？」

したり顔で話し、茂木の反応を見る。

図星のようで、黒目が泳いでいた。

藪野はスマホを取り出した。横山に電話を入れる。

「あー、もしもし、堀切です。茂木さんの山の件ですが、七億で買い取ることにしましたが、大丈夫ですか？」

──七億は高いな。値切れんか？

「他もろもろ経費込みです。それであれば、茂木さんは快く、うちに譲ってくれるそうです」

藪野が勝手に話を進める。

──なら、仕方ない。それで手を打とう。

「ありがとうございます」

藪野は電話を切り、保積に向いた。

「保積さん、七億で契約書を作ってください」

藪野が言う。

保積は戸惑いながらも、バッグから契約書を出し、金額を書き込んだ。

「ちょっと待ってくれ。わしはまだ売るとも売らないとも――」

茂木があわてる。

藪野は金額を書き込んだ契約書を茂木の前に差し出した。

「茂木さん、これが最後のチャンスです。今ここで合意できなければ、私どもはこの山から手を引きます。どこの業者も、これ以上の条件は出しません。もし、これ以上の条件を出すとすれば、外国資本、中国関係の業者の金でしょう。その業者に売るのは結構ですが、あなたは中国人に水源を売った非国民として、この地域の人々からも、いや、日本国中の憂う人たちからも断罪されるでしょう。あなたは二度とこの故郷に戻れなくなるだけではなく、日本のどこにも生きる場所がなくなりますよ。売国奴ですから」

藪野は畳みかけた。

じっと茂木を見つめる。逡巡していた。

藪野は契約書に手を伸ばした。

「迷うようであれば、私どもはこれで。保積さん、田上さん、行きましょう」

契約書を取って、立ち上がった。

保積と田上は顔を見合わせたが、藪野に従い、立ち上がろうとした。

「待て！　待ってくれ！」

茂木が三人を止めた。

「わかった。サインしよう！」

藪野は振り返った。

「よろしいんですか？　合意でない契約となると、いろいろ面倒ですから、ハッキリとお返事いただきたいのですが」

藪野が机に歩み寄る。そして、録音ボタンを押したスマートフォンを天板に置いた。

茂木は一瞬、不快な表情を覗かせたが、藪野を見ると、眉尻を下げた。

「君たちに私の山を売却する。私が決めたことだ」

茂木が言うと、藪野はスマホを取り、契約書を机に置いた。

「では、よろしくお願いします」

保積を見て、うなずく。

保積は茂木との契約を進めた。


帰りの車の中、助手席の保積が後部座席に座る藪野に話しかけてきた。

「いやあ、堀切さん、すごいですね。私たちが三カ月かけてもダメだった契約を、一日で決めてしまうなんて」

「本当です。驚きました」

運転していた田上も、バックミラーを覗きながら言った。

「たいしたことはねえ。つうか、おまえらがトロすぎんだよ」

藪野はネクタイを緩め、シートにもたれて前を見た。

「保積、おまえ、あのじいさんがごねるたびに、ちょろちょろと金額上げてっただろ」

「ええ」

「それがいけねえんだ。あのじいさん、こっちがどこまで上げてくるのか、値踏みしてた。あの調子で上げられりゃあ、十億は吹っかけられてたぞ」

「それはないと思いますが」

「いいや、十億だったな。じいさん、俺が七億と切り出した時、うちの山は十億の価値はあるとか言いやがっただろ。そこが最低ラインと決めていたんだろうな」

「他の業者が十億を提示していたんでしょうか？」

田上が訊いてくる。

「おそらくな。中国資本なら、十億でも二十億でも出す」

「だから、売国奴なんて話を切り出したんですか？」

保積が訊いた。

「そう。じいさんも金は欲しいが、非国民やら売国奴と呼ばれるのは勘弁してほしいところだろう。じいさんもわかってんだ。自分の山が一億ぐらいしか価値がねえってことは。

それで吊り上げたいところだったが、後ろ指差されるのは困る。あとは、七億で手を打たなきゃ、交渉は打ち切ると迫るだけでよかった。飴と鞭を使って、相手を焦らせりゃあ、簡単に落ちる」

「なるほど。勉強になります」

保積が何度も首肯する。

「勉強ってよ。おまえら、これまでどんな交渉をしてたんだよ。まとまんなきゃ、部隊を送り込んで、ぶちのめしてたのか？」

保積と田上を見やる。

「それもありましたけど、その手はめったに使いませんでした」

田上が答える。

「長々と交渉してたのか？」

「いえ。ちょっと細工をしていただけです」

保積が言う。

「細工？」

「はい。里山のオーナーが最も困るのは、地元の農家と揉めることです。なので、どうにも話し合いにならないオーナーさんの水源には、ちょっとした細工をして、農業用水を使えなくしていました」

「水路を壊すのか？」

「いえ、もっと強力な方法です」

保積が話していると、田上が咳払いをした。

「どんな方法だ？」

藪野が突っ込む。

「すみません。これ以上は話せないので、気になるようでしたら、上に訊いてください」

保積は言い、前を向いた。

それ以降、二人は藪野に話しかけなくなった。

何やってんだ、こいつら……。

藪野は気になりつつも、あまり性急に質問を浴びせて疑われないよう、喉元に上がってくる疑念を飲み込んだ。

7

白瀬が永正化学工業の工場で働きだして、五日が過ぎた。

白瀬は他の労働者と同じく、工場内で一斗缶やバケツに入れられた薬剤や原材料をあちこちに運んでいた。

単純な肉体労働だった。体力はいるものの、指示通りに、指定されたものを右から左に運ぶだけでいい。

工場内はきれいだった。製薬工程の工場は整備され、クリーンルームもある。それだけの新設工場なので、原材料の運搬も自動化できるはずなのだが、そこだけは人の手によるものだった。

近代的な工場の中で、原材料を持って場内をうろついている自分たちには、ちょっとした違和感を覚えた。

時給は千五百円を超えているので悪くない。夜勤にはさらに五百円上乗せされる。派遣会社の紹介でも手取りでその金額をもらえるので、会社側は一人当たり、三千円から四千円の時給を払っているだろう。

白瀬たちが働いているのは敷地の東側にある第一工場だった。

隣には本社屋があり、その隣に包装紙などを開発、生産し、製品を梱包する第二工場がある。

その隣は少し雑木林があり、その奥に第三工場があった。

昼食は、本社屋一階にある社員食堂を利用できた。ファミリーレストランのような品揃えながら、金額は五百円までとリーズナブルで、派遣労働者にとってありがたい食事場所だ。

しかし、白瀬は利用しなかった。

本社屋内には、あらゆるところに監視カメラがある。また、食堂の利用には体温計測器が置かれているが、顔を近づけるタイプのもの。このタイプの計測器は、顔写真を撮影、保存できるものもあり、顔認証システムが仕込まれている可能性もある。

内偵を進めるために、今は少しでも危険を回避しておきたかった。

白瀬は自分で作った弁当を持って、毎日、雑木林の遊歩道にあるベンチに座って、昼食を摂っていた。

この場所からは、第三工場の人の出入りもチェックできる。

危険を回避しつつ、第三工場の実態を少しでも把握するには、いい手だった。

白瀬がいつものようにベンチで弁当を食べていると、池田がふらりと現われた。

「田中君、こんなところでメシ食ってんのか?」

親しげな笑みを見せ、隣に座り、白瀬の手元を覗き込んだ。

「なんだ、しけた弁当だな」

池田が笑う。

「これで十分ですから」

白瀬はうつむき気味に答えた。

弁当の中身は、焼いたウインナーと玉子焼きとごはんのみ。毎日、同じだった。水筒の中身も水だった。

「ここの社食は安いからよ。弁当作るより、安く上がるんじゃねえか?」

「いえ、計算してみたんですが、やはり、毎日社食を利用するとなると、それなりの金額になります。弁当であれば、一食百円以内で収まりますから」

「しっかりしてるねえ、田中君は。なんで、そんなに節約してるんだい。借金でもあるのか?」

池田がずけずけと訊いてくる。

「ええ、まあ……」

白瀬は返事を濁した。

「どうだい、ここの仕事は」

「力仕事ですけど、なんとかついていけています」

「梱包の方に回されると、もう少し給料はいいんだけどな。田中君は、小型特殊の免許は持ってないのか?」

「はい。普通免許も持っていません」

「なら、第一止まりだな」

話しながら身を寄せてきた。

「後ろに建物が見えるだろ」

雑木林の奥に目を向ける。

「あれが第三工場だ」

小声で言う。

最初のレクチャーを受けて誰でも知っていることを、さも自分だけが知っている秘密のように話す。

「そうですね」

白瀬は答え、箸を進めた。

「あんた、金欲しいか？」

池田が切り出してきた。

「それは……はい」

小声で答える。

「なんで、欲しいんだい？」

また、訊いてきた。ただの興味本位か、それとも別の理由があるのか。

わからないが、突っ込んでみることにした。

「実は、母が脳出血で倒れて入院しまして」

「それはそれは。大変だったな」

大仰に目を丸くする。

「一命は取り留めたんですが、左半身が不自由になってしまって、デイサービスやリハビりにかかる費用などを稼がなくてはならなくなりまして。お恥ずかしい話なんですが、僕はずっと引きこもっていて、働いていなかったので、貯蓄もなくて……」

「そうだったのかい。じゃあ、金は必要だねえ」

「そうなんです。だから、思い切って、派遣会社に登録して、今、ここで働いてて」

「そうかいそうかい。でも、それなら、もっと金が要るだろう。昼間の第一の稼ぎじゃあ、生活もギリギリじゃないか？」

「はい。幸い、実家は一軒家でローンも終わっているので、家賃には困らないんですが、先のことを考えると……」

白瀬はもっともらしい話をした。

当然、この話は鹿倉に伝え、仕込みをしてもらうことになる。

「田中君、第三で働いてみる気はあるか？」

「えっ？」

驚いて、池田を見やる。

「ここだけの話だがな。実はオレ、ここの社員なんだ。第一や第二で働きながら、第三工場で働ける者をスカウトしてる」

「本当ですか？」

疑いの眼を向ける。

「信じられねえかもだが、信じる者は救われるぞ」

池田はまっすぐ見返した。

「でも、第三は近づかない方がいいと言ってましたよね」

「新人にはそう話すんだ。企業秘密を扱う工場だからな。やたら近づかないよう、牽制しているだけ。あるいは、そう話すと、わざと第三工場に近づく者もいる。そういうヤツは産業スパイの可能性もあるだろう？」

「池田さん、そんな役割を務めてらしたんですか」

「企業が情報を守るのも難しい時代になってきたからな。様々な手が必要だ」

池田の話しぶりは、バスの中での下卑た話し方とは違い、少し凛としていた。

「なぜ、僕は大丈夫なんですか？」

「君は真面目だ。周りとも馴れ合わない。むろん、引きこもっていたなら、コミュニケーションは苦手なのかもしれんがな。金銭感覚もある。自分を律するメンタルも持っている」

「これのせいですか？」

白瀬は自分の弁当を目で指した。

「そうだ。この工場に派遣されてくる連中は、なんらかの理由で金に困っているヤツが多い。金に困っているのに、昼食代も削らず、社食を利用して散財し、しかもそこで仲間を作って馴れ合い、傷を舐め合う。そうした連中はいつまで経っても、底辺から抜け出せない。自分から何かを変えようと努力しない。今ある状況に流される。そんな気質だから、底辺に甘んじているのだということに気がつかない。そういう人間は我々の仲間にいらない」

「仲間？」

白瀬が訊く。

池田はしゃべりすぎたと思ったのか、顔を離し、笑ってごまかした。

「まあとにかく、君がもっと稼ぎたいと思うなら、声をかけてくれ」

白瀬の肩を叩いて、立ち上がる。

「あ、今の話は他言無用で。このまま第一で働いてもいいし、オレの推薦で第三へ行ってもいいし。いずれにせよ、決断は、誰にも相談せず、君だけで行なってくれ。誰かに話したことがわかれば、第三行きもなくなり、この工場の派遣もやめさせられると思ってくれていい」

「わかりました。いつまでに返事をすればいいですか？」

「君の心が固まってからでいい。待っているよ」

池田は言うと、去っていった。

身元がバレたのかもしれない。少し嫌な感じもする。

が、第三工場に入り込む絶好のチャンスでもある。

入ってみるか——。

白瀬は大きく息をついて、ウインナーをつまみ、口の中に放り込んだ。

第五章　白瀬、巣窟に潜る！

1

瀧川は雑誌編集者の長尾《ながお》に扮して、柳沢和哉《やなぎさわかずや》に接触していた。

護国の戦士には高木という公安部員であることにしているが、さらに別の偽名だ。作業班員はいくつもの名前を常に使い分ける。

柳沢は社会経済学の若手准教授で、ニュース番組やワイドショーのコメンテーターも務める売り出し中の若手文化人だ。

鹿倉と日埜原がリストを精査し、瀧川には柳沢を調べるよう指示をした。

公安部では、ポッと出てきた文化人を秘密裏に調査することがある。柳沢は以前、その対象になっていた。

柳沢自身はともかく、准教授を務める大学に問題があった。

この大学は革新色が強く、大学内にセクトが存在する。こうした大学から出てくる文化人は、時として、過激派の広告塔として使われることがある。また、過激派がわざと、プロパガンダを波及させるために、広告塔を作ることもある。

調査の結果、セクトとの繋がりが認められれば、その後、当該人物は監視対象となる。

だが、柳沢を調べた結果、怪しいところは見られなかった。

人となりを調べてみた。

柳沢は主に、若者のひきこもりやホームレス問題を研究していて、ＮＰＯを作って支援活動も積極的に行なっている。

彼がそうした活動に身を投じた理由は、生い立ちにあった。

柳沢が生まれてすぐ、両親は離婚した。母親は家を出て、柳沢は父の下で暮らすことになった。

柳沢の父は、シングルファーザーとして献身的に柳沢を育てていたが、柳沢が中学生の頃、失職し、以後、派遣労働者として昼夜関係なく働かなければならなかった。

柳沢は高校に進んだが、高校二年生の夏、父は過労がたたって急逝し、柳沢も高校を退学した。

その後、現場や産廃処理工場で働きつつ、高校卒業程度認定試験に合格し、金を貯めた後、大学へ進んだ。

柳沢はその時の経験で、底辺に生きる人々がどういう扱いを受け、彼らが社会の一翼を担うために何をすればいいかを研究することになった。

柳沢が過去に付き合っていた人の中には、反社会的勢力の者もいれば、過激派崩れの者もいた。

が、柳沢はそれらすべてを社会的弱者として支援していた。

背景がしっかりしている、真面目な好青年だった。

公安部の調査でも、怪しいところは出てこなかった。

鹿倉が瀧川に、柳沢の調査をさせたのは、柳沢を掘っても何も出てこないからだ。

過去の付き合い関係をほじくれば、何か出てくることもあるだろうが、柳沢ならそれも自分の弱みではなく、自身が活動するための素因だと反証するだろう。

つまり、彼の過去は何一つ、弱みにならないということだ。

瀧川は、柳沢にインタビューを申し込んだ。

このインタビュー記事は、協力してくれている雑誌に掲載されることになっている。

インタビュー場所は、新宿のホテル内にあるカフェの個室だった。

これも鹿倉が指定したものだ。

個室は、ホテルのロビーに接していて、中は予約した者しか入れない。

瀧川を監視している護国の戦士の者はロビーで待つしかなく、鹿倉たちがその何者かを特定できる。

鹿倉は瀧川を泳がせながら、護国の戦士の一角を炙り出そうとしていた。

危険な賭けではあるものの、状況に応じて戦術を変えてくる鹿倉は、さすがだと認めざるを得ない。

瀧川が個室で待っていると、五分ほどして、時刻通りに柳沢がやってきた。

「どうも、ご足労いただき、ありがとうございます」

瀧川が立って、挨拶をする。

「こちらこそ、お時間いただき、ありがとうございます」

柳沢は丁寧に一礼した。

ラフなスーツ姿だった。しかも、スーツはブランド物ではなく、そのへんの量販店のそれだった。

顔つきにもふるまいにも気負ったところがない。まさに好青年だった。

立ったまま名刺交換をして、「そちらへ」と対面の席を指した。

「お飲み物、どうしましょうか?」

「僕はコーヒーで」

「承知しました」

瀧川は室内の受話器を取って、コーヒーを二つ頼んだ。

席について、ＩＣレコーダーをテーブルに置く。

「インタビューを録音させてもらって、よろしいですか?」

「はい」

柳沢が笑顔を向ける。

店員がコーヒーを持ってきた。瀧川と柳沢はそれを啜り、一息ついて、さっそくインタビューを開始した。

インタビューの内容は、事前に、掲載予定の雑誌のデスクから預かってきている。ノートを開いて、書き込みながら、指示された質問を次々に柳沢にぶつける。

柳沢はすらすらと答えた。その言葉に淀みはなく、彼の信念がしっかりと届く。これからますます文化人としての地位を築いていくのだろうという印象を受けた。

一通りインタビューを終え、いったんＩＣレコーダーを止めた。

「どうぞ、一服されてください」

瀧川が促すと、柳沢はコーヒーを一口飲んだ。

「いやあ、それにしても、三十半ばの方とは思えない、しっかりとしたご見識で。私の浅さが恥ずかしくなります」

「そんなことありませんよ。長尾さんのインタビューには無駄がなく、さすがプロだと感心しました」

柳沢がお世辞を返す。

「事前に質問をデスクと擦り合わせていましたから。私だけだと、ぐだぐだだったかもしれません」

　瀧川は笑った。

「そういえば、環境問題にも興味があるとおっしゃっていましたが、高津晃久さんはご存じですか？」

　瀧川は世間話をする流れで訊いた。

「ええ、テレビ局のスタジオで何度かお会いしたことがあります」

「環境問題への関心は、やはり高津さんの影響ですか？」

「きっかけはそうでしたが、彼とは少し距離を置いています」

「距離を？　理由を伺ってもよろしいですか？」

　瀧川が訊いた。

「陰口になりそうなので、あまり言いたくはないのですが……。ここだけの話にしておいてもらえますか」

「もちろんです」

　瀧川が言うと、柳沢はコーヒーを飲んで一呼吸置き、口を開いた。

「高津さんが主宰している護国の戦士の理念はわかります。私も日本の水資源、山の管理の状況は憂いています。ですが、ちょっと先鋭的な思想のニオイがしたもので」

「どのような感じのものですか？」

「偏重というか、原理主義というか。山林や水資源を守るためなら、何をしてもかまわないというような感じを受けたんです。直接聞いたわけではないのですが」

「なぜ、それを感じられたんでしょうか？」

「僕の経歴からもわかるでしょうが、僕がいた世界には、それこそ反社から左翼まで、様々な思想を持つ人々がいました。彼らの言説はとても聞き心地のいいものです。が、その言説に取り込まれると、次第に思考を停止するようになり、彼らの言いなりに動く人形と化してしまう。それが、底辺で働く人々の真の社会復帰を妨げている一面もあるんです。高津さんには申し訳ないが、そういう人たちと同じニオイを感じまして」

「それで、距離を置いていると？」

瀧川の言葉に、柳沢がうなずく。

「僕はフラットでいたいですから」

そう言い、微笑む。

瀧川は、柳沢のバランス感覚に感心する。

高津が柳沢を欲しがるのもわかる気がする。柳沢が仲間になれば、大きな戦力となる。

しかし、柳沢が高津の手に落ちることはないだろうとも感じた。

「それともう一つ。高津さんが、新野誠一郎《しんのせいいちろう》さんと懇意なのもちょっと」

「新野誠一郎というと、朝井テレビの解説委員やキャスターをしている人ですね」

「ええ。僕はあの人がどうも苦手なんですよ。どんなに正論でも、与党議員や政府の言うことを論破しようとするので。高津さんの言説は、あの人ほど乱暴ではないですが、同じように感じます。似た者同士、気が合うのかもしれませんが」

「そうですか。いや、突っ込んだ話を聞いてしまって、すみませんでした」

「僕の方こそ、つまらない話をしてしまいました。流してください」

柳沢が自嘲する。

「そろそろお時間ですね。行きましょう」

雑談を済ませ、柳沢と瀧川は個室を出た。ロビーまで送る。

「今日はどうもありがとうございました」

「こちらこそ」

柳沢は頭を下げ、駅へと歩いていく。瀧川がそれを見守っていると。柳沢の後を追う者の姿が見えた。その後ろを追う者もいる。

初めに追っていったのは、高津の部下だろう。その後に続いたのは、おそらく公安の者か。

瀧川はタクシー乗り場でタクシーに乗り、そのまま雑誌社へ向かった。

2

白瀬は池田に、第三工場への異動を打診し、その翌日、池田と共に第三工場へ出向いた。第三工場は、第一、第二以上にきれいな工場で、部屋は小さく仕切られていた。工場というより、研究所のようだった。

廊下に人の姿はなく、白瀬と池田の足音だけが響く。

「すごいところですね」

「そうだろう。永正の基幹部署だからな」

「しんとしてて、なんだか怖いです」

「研究施設がある場所はどこもこんなものだ」

池田は笑い、奥へ進んだ。

製造工場を下に見ながら奥へ進み、突き当たりのドアの前で池田が立ち止まった。

インターホンのボタンを押す。

——どちら様でしょうか？

女性の声が聞こえてきた。

「池田です。新人を連れてきました」

——どうぞ。

女性が言うと、取っ手のない扉が横にスライドして開いた。

白瀬は壁周りを見た。カードリーダーとテンキーがある。廊下側から入るには、IDカードをかざし、暗証番号を入れなければならないのだろう。

池田が中へ入る。白瀬は続いた。

中はオフィスになっていた。ゆったりとした間隔で机が並び、従業員が各々、自分の仕事に従事している。

池田は白瀬を連れて、従業員の間を抜け、奥へ進む。白瀬はちらりとパソコンの画面を盗み見た。

化学物質の名前が並び、グラフが表示されている。机の上には文献や論文が乱雑に置かれていた。

薬剤の研究データのようだった。

池田が進んだ先には、スーツを着た女性がいた。四十前後か。ボブヘアでタイトなスーツを着ている。鍛えているようで、肩のあたりは盛り上がり、ふくらはぎも締まっていた。

眼鏡の奥の瞳は大きく、彫りも深く、美形だった。

「古河《ふるかわ》主任、こいつが話をしていた田中です」

池田が言う。

「田中耕一です」

白瀬は首を竦めて、小さく頭を下げた。

「古河美知子《みちこ》です。よろしく」

美知子は微笑んだ。

「身元は確認させていただきました。お母様、大変でしたね」

美知子が言う。

「いえ……」

白瀬はうつむく。

池田から話があったその日に、鹿倉に連絡を入れ、田中耕一の背景を知らせた。その後、どうなったかの連絡はもらっていなかったが、仕込みはしてくれていたようだ。

「お金かかるでしょう？」

「はい……」

「第三工場に移れば、これまでの一・五倍のお給料を払います。働きぶりによっては、正社員登用もあります。私たちと共にがんばっていただけますか？」

「あの……一ついいですか？」

白瀬が切り出すと、美知子は笑みを浮かべたまま顔を傾けた。

「どうぞ」

「僕はその……どのような仕事をするのでしょうか？」

おどおどと訊く。

「まずは、第一、第二工場と同じく、製造工場での薬品運搬を行なってもらいます。フォークリフトを使ってもらいますが、敷地内の運転なので、免許は必要ありません。その間にあなたに向いている業務が見つかれば、そちらに移っていただきます」

「たとえば、どんな?」

「今ここで、社員が行なっている――」

美知子がオフィスを見渡す。

「データ入力作業や整理作業です。分析は専門知識を持った社員が行なっているので、そこから上がってきたデータを整理するといった仕事ですね。パソコンは扱えますね?」

「はい」

「結構です。では、派遣先にはこちらから異動の通知を出しておきます。明日から、こちらへ来てください。細かいことは池田に訊いてください。池田、工場内の案内と説明をよろしく」

「承知しました」

池田が頭を下げる。それはまるで、女王様と下僕のようだ。

「あ、田中さん。一つ注意を」

美知子がまっすぐ白瀬を見上げた。

「第三工場で働いていることや見聞きしたものを口外することは厳禁です。もし、そうした行為が発覚すれば、それ相応の賠償をしてもらうことになるので、気をつけてくださいね」

「それ相応のとは……」

「池田に訊いてください。では、明日からよろしく」

美知子はにっこりと微笑み、自分の仕事に戻った。

白瀬が一礼すると、池田が腕をついて促した。オフィスを出る。オフィス側には壁にボタンがあり、それを押すとドアが開くようになっていた。

廊下に出てドアが閉まる。白瀬は大きく息をついた。

「緊張しました……」

「そうだろう。主任は圧が強いからな」

池田が苦笑した。

「工場内を案内しよう」

そう言うと、池田はエントランスに戻っていく。白瀬もついていった。

玄関から入ると、だだっ広いエントランスがある。壁際には観葉植物とソファーがぽつぽつと置かれていて、その先にゲートがある。社員は、ＩＤカードをかざして、ゲートを潜っていく。

正面に受付カウンターがある。警備員のような屈強な男が座っていた。池田は受付の男性に声をかけ、ゲスト用ＩＤカードを受け取り、白瀬に渡した。

カウンターを挟んで、左右にゲートがあった。

「主任がいるオフィスは向かって左側だが、工場内の作業員は右側のゲートを潜る」

池田は説明しながら、自分のＩＤカードをかざして、ゲートを潜った。白瀬も続く。

奥へ進むと、エレベーターホールがあった。

「作業員は地下二階だ。上は事務処理のオフィスなので、今は関係ない。個人のＩＤカードは、一部の者以外、指定された階にしか行けないので、注意しろ」

池田は言って、エレベーターに乗り込んだ。

「ここにＩＤカードをかざして、ボタンを押す」

池田が自分のＩＤカードをボタン下の鏡のような場所に近づけた。地下二階から地上五階までのボタンがすべて光る。

「池田さんのＩＤはどこにでも行けるんですね」

「俺はその〝一部の者〟だからな」

にやりとし、地下二階へ降りていく。

エレベーターが到着し、ドアが開く。がらんとしたホールで、左右に廊下が延びていた。

池田は右手の廊下を進んだ。

「こっちに作業員のロッカールームがある。作業場は反対側の奥な」

池田は肩越しに後ろを見た。白瀬が振り返ると、突き当たりにドアが見える。

作業員の更衣室に入った。壁際にロッカーが並ぶ整然とした空間だった。作業中だからか、誰もいない。

ロッカーにはナンバーだけが記されている。

「明日には、おまえのロッカーも決まり、番号が教えられる。そこにＩＤカードをかざして、中に私物を置いて、作業着に着替えろ。作業着は明日、用意されているだろうから」

「あの、弁当もここに置いていいんですか？」

「もちろんだ。が、食事は、ここの五階にある食堂で頼む。工場内や他のフロアでの飲食は禁止されている。心配するな。おまえのように弁当を持参している者も大勢いるから。第一や第二とは違う」

池田は言い、ロッカールームを出て、反対側の突き当たりまで廊下を進んだ。

ドアを開けて、中へ入る。白い作業着を着て、マスクとゴーグルをして帽子をかぶった作業員が、箱から出した薬剤をプラスチックのボックスに入れ、フォークリフトで製造工場まで運んでいる。

「ここが薬剤の貯蔵室だ。劇薬指定の薬剤もあるので、ゴーグルをしている。扱いは注意しろよ。おい！」

池田は手にタブレットを持って、指示を出している男性を呼び出した。

男性が歩み寄ってきて、池田に一礼する。

「ここの作業班長の長浜《ながはま》だ。長浜、明日からここで働く予定の田中君だ。よろしく頼む」

池田に紹介され、互いに会釈をする。

長浜はすぐに作業場に戻っていった。

フォークリフトの隙間を縫い、作業場の奥へ行く。

プラスチックのボックスに入れられた薬剤は、各所専用のベルトコンベアに載せられる。製造用のベルトコンベアには、フォークリフトから直接載せられるが、研究用のボックスは手前まで運び、作業員が持ち上げて、一つ一つを間違いないように載せていた。

「これがとりあえずの一連の作業だ。まあ、難しくはないから、すぐ覚えるよ」

池田は言い、作業場を出た。

そのままエレベーターに乗って上階に上がり、エントランスに出る。白瀬はゲストＩＤを受付に返して、池田と共に第三工場を出た。

白瀬はまた大きく息をついた。

「どうだった？」

池田が訊く。

「自分にできるかどうかはわかりませんが、やってみます」

「大丈夫だ」

池田は笑って、白瀬の二の腕を叩いた。

遊歩道を歩きながら、白瀬が訊いた。

「あの、古河さんが言っていたそれ相応の賠償というのは……」

おどおどして見せる。

「規約違反の金銭的賠償が主だが」

池田は顔を近づけてきた。

「周りにも迷惑をかけることになるから、絶対に口外だけはするな」

池田の声がいつになく重い。

つまり、暴力ということか。

白瀬は思いながら、大仰に肩を竦ませ、顔をひきつらせた。

それを見て、池田が笑った。

「黙ってりゃいいだけのことだ。ここにいる間、しっかり稼いで、お母さんに楽させてやれ。今日はもう帰っていいぞ。あ、忘れてた。明日からは、第三工場の従業員専用のバスに乗る。改札を出たところで待ってるから、声かけてくれ」

「わかりました」

白瀬は首肯した。

3

藪野は都内ホテルの中華料理店の個室に横山と出かけていた。

高津と会うためだ。

突然、高津の方から、藪野に会いたいとの打診があったそうだ。

この一週間前、藪野は保積と田上と共に、買収交渉へ行っていた。

護国の戦士本拠地の山からは少し離れた栃木県内の水源地を管理しているところだった。

ここは単独で土地の権利を持っているわけではなく、近隣農家が資金を出し合い、協同組合が管轄している。

複数の権利者がいる山林の買い取りは、単独権利者から買い取るより難しい。

保積たちは一人一人と交渉していた。十人いる権利者のうち、八人は買収提案に合意した。しかし、他の二人は頑として譲らない。

一人は、買収金額を吊り上げようとしている者だった。

こちらは問題ない。金額が折り合えば、簡単に折れる。

もう一人が問題だった。

篠部《しのべ》良三《りょうぞう》という八十歳になる老人だが、篠部は先祖代々受け継いだ土地と水源を他人に渡すことはできないと言い張っていた。

組合長ではないが、最長老でもあり、集落での発言力は大きい。組合側も、篠部が首を縦に振らない限り、売却はできないと難色を示していた。

田上は、実働部隊を投入して脅そうとしていた。が、藪野は止めた。

篠部はたとえ殺されても承諾しない。どころか、暴力沙汰を起こせば、これ幸いと護国の戦士側を責めてくるだろう。

藪野は篠部の身内を徹底的に探るよう、穂積たちに指示をした。

調べてみると、篠部の三男に隙があることがわかった。

七人いる篠部の息子や娘のほとんどは、立派に家庭を築き、会社勤めをしていたり、嫁いで平穏な家庭生活を送ったりしていた。

が、この三男だけは、定職も持たず、結婚もせず、ふらふらして呑んだくれ、ギャンブルで借金を抱えていた。

子供が多いと、必ず一人ははみ出す者がいる。三男は他の兄弟にも金を無心し、今や兄弟間で絶縁に近い形で放置されていた。

篠部は厳格な男だ。放蕩息子の尻拭いをするとも思えない。

そこで藪野は、結婚紹介所を通じて、とにかく誰とでも添い遂げたいという女性を捜し、三男に近づけた。

三男は初めは警戒していたものの、頼られること自体は嫌いなわけではない。

知り合って一週間で、女性に結婚を申し込ませた。

三男は簡単に落ちた。

三男はもう五十を過ぎていた。先が見えると、独り身の寂しさが無性に染みる。そこに突如現われた女性に、心を奪われないわけがなかった。

ただ、問題があると、女性に言わせた。

三男のギャンブル癖と借金だ。なんとかならないかと持ちかけさせた。

三男は藪野の予想通り、父親を頼った。女性を連れて行き、彼女と結婚したいので金をなんとかしてほしいと頼んだ。さらに、田畑は自分が継いでもいいとまで言った。

その情報を聞き、藪野たちは再び、篠部に交渉を持ちかけた。

篠部は逡巡しながらも、三男の結婚ために金を工面しなければならず、ついに藪野たちの交渉に応じた。組合員にも、提示額に多少の上乗せをした。

すべてが整い、契約が締結した。

藪野からすれば、たいしたことのない話だった。

落としたい相手のウイークポイントを的確に見出して攻めれば、どんなに頑強な人物でも落ちる。

ただ、この契約をまとめ上げたことで、藪野は護国の戦士内で一目置かれることになった。

「遅いな」

藪野が腕時計に目を落とす。約束の時間を二十分過ぎていた。

「今日はテレビの収録なんで、少し押しているんでしょう。もう少し、待っていましょう」

横山が言う。

と、まもなく、こちらでございますという女性店員の声と共にドアが開いた。

高津が姿を見せた。

「すみません。お待たせしました」

笑顔で入ってくる。そして、女性店員に向き直る。

「申し訳ありません。少し込み入った話をするので、料理の提供は待っていただけますか？　話が終わり次第、お声がけしますので」

「かしこまりました」

女性店員は一礼し、ドアを閉めた。

高津は円卓を回り込み、奥の椅子に座った。

「堀切さん、横山から話を聞きました。栃木の案件の解決、ありがとうございます」

「どうってことはねえよ」

藪野は仏頂面で答えた。横山は睨んだが、高津は涼しげに笑っていた。

「他のサポートも聞きましたが、実に見事な交渉術です。堀切さん、その交渉術、どこで学んだんですか？」

「特別な勉強なんざしてねえよ。周りの連中とは騙し合いだったんでな。自然と身についただけだ」

「そうですか。それならいいんですが」

高津はテーブルに手を置き、少し身を乗り出した。

「まるで、公安の人間が使うような手口だったもので」

そう言い、藪野を見据える。口元には笑みを浮かべているが、目は笑っていない。

藪野は一瞬ドキッとしたが、顔には出さず、睨み返した。

「なんだ、そりゃ。疑ってんのか？」

「疑ってはいませんが」

「気分悪いな。横山、なんだ、こいつは。おまえ、俺のことをちゃんと伝えてねえのか」

横山に目を向ける。

「伝えましたよ。高津さん、こいつの身元は確かめてます。大丈夫です」

横山が言う。しかし、高津は藪野を見つめたまま返した。

「公安部はバックグラウンドの工作も平気でやりますからね。はたして、どうだか」

「ふざけんな、こら！」

藪野は怒鳴って立ち上がった。勢い、椅子が後ろに倒れる。

「てめえ、ここでぶち殺してやろうか！」

高津の方へ行こうとする。あわてて横山が出てきて、後ろから藪野の体に腕を巻いて止めた。

「堀切さん、落ち着いて！」

「落ち着けも何も、喧嘩売ってきてんのは、こいつじゃねえか！　人をサツ呼ばわりしやがって。何様だ！」

暴れて、高津に迫ろうとする。横山が必死に止める。

と、高津はいきなり笑いだした。

「何、笑ってんだ、こら！」

「いえ、すみません。ちょっとカマをかけてみただけですよ。こんな短気な人が、公安であるはずがないですね」

笑い続ける。

「てめえ！」

横山を引きずり、高津に迫る。

と、高津が立ち上がった。

「失礼を申し上げました。この通りです」

深く腰を折り、頭を下げる。

藪野が動きを止めた。

「……大将に頭下げられりゃあ、仕方ねえな」

大きく息をついて、横山の腕を払い、席に戻った。椅子を起こして座り直す。

高津も自席に戻った。改めて、藪野を見つめる。

「堀切さん。あなたのことはわかりました。ついては、我々護国の戦士の幹部として、あなたを迎えたい」

「幹部？　何をするんだ？」

「あなたには、渉外部長として、買収交渉を統括していただきたい」

「俺が部長？　おいおい、冗談だろ……」

目を丸くする。横山も驚いていた。

「冗談でこんなことはお願いしません。あなたが上に立って統括してくれれば、これまで滞っていた案件は解決するでしょう。正直、これまでは手荒な手段も使っていましたが、できれば、今後はそういう手は使いたくないのです。我々はその方法論を知らなかったので仕方ありませんが、あなたの交渉術を部下に指南してもらえれば、若手も次々と交渉をまとめてくるでしょう。それは彼ら彼女らにとっても自信となり、組織の発展に寄与することになる。堀切さん、若い者たちをあなたの手で鍛えてあげてください。この通りです」

高津は両手をついて、頭を下げた。

「ちょっと待ってくれ。頭を上げてくれ」

藪野は戸惑う様を見せた。

「お願いできますか？」

高津が顔を上げる。

「そこまで頼まれりゃあ、仕方ねえが……。本当にいいのか？」

「もちろんです。幹部ですから、報酬も今の倍、いや三倍にします」

「本当か！」

「約束します」

高津がどんどん話を進めていく中、横山は〝堀切〟以上に戸惑っていた。

それを察し、高津は横山を見た。

「横山君。そういうことだから、よろしく」

「あ、いや……」

「そういうことだから」

高津はじっと横山を見つめた。

横山の黒目が激しく揺れた。そして、うなだれて小さく「はい」と返事をした。

「よかった。では、細かい話はまたにして、食べましょう。僕も空きっ腹なので。横山君、店員さんに声をかけて」

「はい」

横山が席を立って、ドアを開ける。高津が振り返って、横山を見ている。

藪野はその高津を見据えた。

何を考えているのか、もう一つつかめない。

交渉を急ぐ必要があるとするなら、こいつらが動き出そうとしているサインでもある。

また、高津が口にした〝公安の手口〟という言葉が気になる。なぜ、この男は公安について詳しいのか。

後ろにそういう者がいるのか、高津自身がセクト上がりなのか——。

和やかになった室内の空気とは裏腹に、藪野の神経はいつも以上に尖っていた。

4

瀧川はその日も高津から渡されたリストに載る文化人の調査を終え、警視庁本庁舎の公安部に戻っていた。

瀧川が公安部に戻ってきて、五日が経った。毎日のように調査に出かけている。

鹿倉から事情を知らされた部員たちは、瀧川に話しかける時は〝高木〟と呼んで、それらしい会話をする。

たまに、こうした会話がなければ、高津にいらぬ疑念を抱かせることになる。

そして、電波を遮断した応接室に入り、打ち合わせをするという行為を繰り返していた。

瀧川が動くと、監視している護国の戦士のメンバーも動く。公安部は慎重に、しかし確実に、瀧川を見張っているメンバーの素性を暴いていった。

メンバーは年齢も性別も肩書も様々だった。

特徴的なのは、高学歴の者が多いことだった。

これは、他の偏重思想集団にも見られる傾向だ。

知りたいという欲求が強いほど、解を求める。しかし、世の中すべての物事において、明確な解はない。

知識は、曖昧模糊としたグレーゾーンを渡るときの自分の判断基準を明確化することには役に立つ。

だが、絶対的な答えを求めようとすると、たちまち思考の迷路に迷い込む。

偏重思想集団は、知の迷い人に答えを提示する。

多くの人は、それが極論であったり、的外れの答えだったりすることに気づくが、そこに解を見い出してしまう者もいる。

一度、その極論を解と認識してしまうと、その判断を補足する情報ばかりを集めるようになり、やがて、極論を正論と信じ込むようになる。

護国の戦士に身を投じているメンバーたちは、公安部が少し調べただけでも、社会に問題意識を持ち、解決の道を模索する誠実な人物像が浮かび上がっていた。

瀧川が応接室へ入ると、鹿倉と日埜原が待っていた。

「ご苦労」

鹿倉が声をかける。

瀧川は一礼して、鹿倉の下に歩み寄った。長テーブルを挟んで、座る。向かって左側に日埜原が座っている。

「坂上《さかうえ》はどうだった?」

日埜原が訊く。

今回調査していたのは、坂上健《けん》という若者カルチャーを研究している三十代後半の社会分類学者だった。坂上も、柳沢と同じく、若手の論客としてメディアに露出している。

「部長の見立て通り、シロでした。柳沢さんもそうでしたが、三十代の文化人たちは本当に真面目というか、達観しているというか。自分のテリトリー以外には踏み込まないといった距離感を持っていますね」

「君も三十代だろう」

日埜原が笑う。

「そうですが」

瀧川は自嘲した。

一見、自分は彼らと違う気がする。が、よくよく考えてみると、瀧川の周りの同世代に、自ら道を踏み外すような者はいない。

たとえば、藪野のように激しい感情を剝き出しにするような者は、自分も含め、あまり見たことがなかった。

「世代特性だろう」

鹿倉が口を開いた。

「気質の一部は、社会環境によって作られる。ステレオタイプで一括りにするなとよく言われるが、個々ではそうだとしても、大きく見ると、その世代の傾向はある」

「部長はそう見込んで、若手の文化人を僕に調べさせているんですね？」

「見込んでいるわけではない。こちらで調査済みの人物を当たらせているだけだ」

鹿倉がじっと瀧川を見つめる。

「世代特性はあるものの、人間である以上、荒ぶる感情はある。それが表に出るか、内にこもっているかの違いだけだ。高津らの目的は、その内在する感情を揺さぶって、使える人物を駒にすることでもある。その手に落ちたのが、護国の戦士の若いメンバーたちだ」

「どの程度、特定できましたか？」

瀧川が訊く。

「雑魚ばかりなので、高津や幹部連中につながる糸口はつかめんが、切り崩し要員には使えそうだ」

「そうですか……」

「しかし、柳沢からの情報は有益だった」

鹿倉の目が鋭くなった。

「日埜原」

言うと、日埜原は脇に置いていたカバンから資料を取り出し、瀧川に差し出した。

瀧川は手に取って、目を通した。

「新野誠一郎を調べているんですか？」

顔を上げて、日埜原と鹿倉を交互に見やる。

「新野と高津が懇意にしている。そう柳沢が言ったんだろう？」

鹿倉が訊いた。

「そうです」

うなずくと、日埜原が口を開いた。

「新野誠一郎は、今でこそキャスターとしての地位を確立して表舞台に顔を見せているが、かつて左翼過激派の非公然活動家だった。長年、うちの監視対象でもある」

鹿倉が続ける。

「新野は日本革新同盟の重鎮でもあった」

「日革同といえば、都内でテロ行為を行なったり、メンバーを粛正したりした、過激なセクトですね」

「そうだ。最高指導者の行永《ゆきなが》を始め、幹部数名が逮捕され、獄中死したことで、自然消滅したが、今も何人かの幹部は国外逃亡している。新野も日革同が消失して、左翼活動から手を引いているとは思われるが、海外の仲間と連絡を取っている可能性は拭えない」

「高津を動かしているのは、新野や日革同の元幹部かもしれないということですか？」

「藪野からも情報があった。高津が我々の手口に詳しい気配があるそうだ。君たちの年代の者が我々の手口に詳しくなるには、我々と過去に対峙した〝大人〟がいなければ不可能だ」

鹿倉が言い切る。その確信めいた言説には、瀧川も知らされていないなんらかの情報があるのだろうと感じる。

日埜原がまた別の資料を出してきた。

手に取って見る。瀧川が持ち帰ったリストの何人かのデータだった。政治家や不動産会社の役員など、複数の者たちの〝弱み〟が記されていた。

「これは？」

日埜原と鹿倉を見た。

「それを持って、一度、連中のアジトに戻ってくれ。動きを見たい」

「一般人を売るんですか?」

目を丸くする。と、日埜原が言った。

「一般人といっても、脛に傷のある者ばかりだ。少しは国のために役立ってもらわなければね」

笑みを滲ませる。

瀧川はため息をついた。

国にとって有害な者を炙り出して排除するため、別の有害な者を利用して切り崩す。人を道具としてしか考えない上層部の現実を見て、気が重くなる。

しかし、内偵を前へ進めるには良策でもある。

「わかりました」

瀧川は受けざるを得なかった。

5

藪野が渉外部長として土地買収を指示し始めてから、難航していた買収交渉は面白いように決まっていった。

藪野は難航中の案件の資料を手にすると、キーマンを洗い出し、その人物のウイークポイントを、人数をかけて徹底的に調べさせた。

そして、弱みを見つけたところから、一気に攻めた。

藪野にしてみれば、作業班員の後輩に指導しているようなものだ。が、若手たちは藪野の手法に驚きつつも、結果が付いてくるので、次第に藪野演ずる堀切に信頼を寄せるようになっていった。

藪野は管理事務所に自由に出入りできる立場となっていた。

今なら、護国の戦士が根城とするキャンプ場の全容を把握することができる。

しかし、藪野はまだ動かなかった。

今村たちがどう動いているのか、把握したかった。

今村はさらに潜ると言った。つまり、根城の全容だけでなく、他につかみたい情報があるということだ。

藪野が拙速に動くことで、今村たちの捜査を邪魔しては元も子もないし、彼らを無用な危険に晒すことにもなる。

もう一つは、横山たち古参幹部の動きも気になっていた。

高津の命令なので、藪野を幹部として迎え入れてはいるが、あからさまに距離を置いている者もいる。

横山に至っては、藪野がいきなり右腕扱いされたことが不快なのか、敵意のある目で睨んでくることもあった。

藪野は素知らぬふりをして流しているが、横山たちは藪野がミスを犯したり、また妙な動きを見せたりする場面を狙っている。

少しでも藪野がおかしな行動をすれば、すぐさま高津に進言し、藪野の粛清に乗り出すだろう。

自分の身を守るためにも、今は動く時ではなかった。

事務所で案件の精査をしていると、横山が近づいてきた。

「堀切さん、把握できたあなたの借金は、すべてうちの弁護士に処理させました」

「そうかい。おまえのおかげだ」

藪野は微笑んだ。

「一千万超えてましたよ」

横山が言う。

「そんなにか！　いや、すまんな、ほんとに。弁護士先生に今度会わせてくれ。礼も言いたいし、買収案件処理で頼みたいこともあるんでな」

「何を頼むんですか？」

「一応、俺のやり方で問題はないんだが、一部に脅迫されたと言い出すのもいてな。サッが介入してくると厄介だから、打ち合わせしておきたい。俺は法律にうといからなあ」

「わかりました、連絡しておきます」

「よろしくな」

藪野はさらりと会話を済ませ、仕事に戻る。

「ずいぶん、力が入ってますね」

横山がまだ話しかけてくる。

「そりゃそうだろ。おまえや大将のおかげで、こうして取り立ててもらってるがよ。しくじったら、即クビだろ？」

「そんなことはないですよ」

「いやいや、そうなるって。だいたい、こんな虫のいい話があるわけはねえんだ。一カ月で倍になるとか、君の腕を見込んで生涯うちで働いてほしいとか。何度、そんな言葉に騙されたことか」

「高津さんを信じていないんですか？」

「ちょっと違う。俺が他人を信用できねえだけだ。大将にもおまえにも感謝してる。のたれ死んでもおかしくねえ俺をこうして拾ってくれたんだからな。けど、過去の記憶が染みついてしまって、腹の底から信用できねえ。すまねえな、ほんとに」

藪野が語る。

これでよかった。

堀切の過去を思えば、そうそう他人を簡単に信用するはずがない。

潜入する人物を演じる際、作業班員に求められるのは〝なりきること〟だ。

そのために、人物の背景を練り込み、徹底して頭の中に叩き込む。その際、少しだけ自分のエピソードを盛り込んでおくと、より演じる人物に深みを与える。

また、こうした自分の胸の内を話すのは、相手を信用させるためでもある。

自分のことを一切話さない人間を信用する者はいない。逆に、たとえそれが作り話でも、話に真実味があれば、相手は次第に心を開くようになる。

今は仕込みの時。藪野はそう捉え、横山に〝堀切〟の心情を語っていた。

横山はじっと藪野を見ていたが、やがて小さくうなずいた。

「堀切さん、ちょっといいですか?」

横山は黒目を動かして、事務所の外を指した。

藪野は手を止めて立ち上がった。横山と共に事務所を出る。

事務所から少し離れたところで横山が立ち止まった。藪野も並んだ。

「なんだ」

藪野が訊いた。

「ちょっと会ってもらいたいヤツがいるんですよ」

「誰だ？」

「うちに潜り込んでいた公安の犬です」

横山の目が鋭くなる。

「そいつがどうした。俺には関係ねえ」

「そうなんですが、堀切さんの交渉術で、もっといろいろ訊きだせないかと思いまして」

「何をだ？」

「うちのことをどこまで調べているのかとか」

「そんなもん、おまえらが拷問にかけりゃいいだろ」

「それが、相手も拷問慣れしているのか、肝となる情報は口にしないんですよ。なんで、堀切さんなら訊き出せるんじゃないかと思いまして」

「おまえらが無理なものは俺にも無理だ。それに、サツだろ？　関わりたくねえ」

藪野が事務所へ戻ろうとする。横山が背後から藪野の肩を握った。

「お願いできませんかね。堀切さんも、もう幹部なんですから」

力を込める。

「痛えな。放してくれ」

藪野は肩を振って、手を払った。振り返って、横山を睨んだ。

「そりゃあ、大将の指示か？」

「いえ、我々幹部の要望です」

「つまり、おまえらは俺を信用しちゃいねえってことか」

藪野の問いかけに、横山はうっすらと笑みを浮かべた。

藪野は顔を伏せ、大きく息を吐いた。やおら、顔を上げる。

「だからよお。俺はただ底辺を歩いてきただけのヤツで、たいした交渉術なんざ持ってねえんだ。素人相手なら何とでもできるが、プロ相手に口を割らせる術なんてのは知らねえ。勘弁してくんねえかな」

やんわりと困った表情を覗かせる。

藪野の手口を見ようとしているのか、それとも、ミスをさせて排除させようとしているのか、あるいは、藪野を公安部員と疑っているのか——。

いずれにせよ、逃げられるなら逃げたいが、横山は逃がしてくれそうにない。

「……わかったよ。ちょっと待ってろ。途中の案件整理済ませてくるから」

藪野は背を向け、事務所に戻りながら、どうしたものか思案した。

6

白瀬扮する田中耕一は、第三工場で粛々と働いていた。

特別感のある第三工場では、特別な薬品が作られているものと思っていたが、そうではなかった。

永正化学工業は、ジェネリック薬品をはじめ、農業用の化学肥料の他に家庭用洗剤などに使う薬品の生成を主な業務としている。

第三工場で研究開発されているのは、次亜塩素酸ナトリウムが主だった。

次亜塩素酸ナトリウムは一般的な薬剤で、漂白や消臭、殺菌消毒に使われる。強酸性物質と混ざると塩素ガスを発生させるため、取り扱いは気をつけなければならないが、次亜塩素酸ナトリウム自体は時間が経てば酸素と塩化ナトリウムに分解されるため、環境への影響は軽微とされている。

ただ、水質汚濁防止法の指定物質にあたり、指定施設を設置する工場や事業所で事故が起こった場合は、都道府県知事にすみやかに届け出なければならない。

瀧川が目撃した小魚の死骸は、工場から高濃度の次亜塩素酸ナトリウム液が流出したためではないかと思われる。

プールの清掃に使った消毒液や家庭用洗剤の大量の垂れ流しで次亜塩素酸ナトリウムの濃度が上がり、魚が大量死したという報告は、全国で数多に見られるものだ。

ただ一つ、白瀬には気になっていることがあった。

次亜塩素酸ナトリウムは、アンモニアと反応すると独特の臭気を発する。

プールの水の塩素臭がそうだ。汗や尿のアンモニアに反応して発生したクロラミンが放つ臭いである。

クロラミンは低濃度であれば人体には無害であるが、魚には有毒で、それが大量死を引き起こす要因となることも多い。

次亜塩素酸ナトリウムを扱う場所では、必ずと言っていいほど、あの独特のプール臭がするものだが、第三工場ではほとんどそうした臭いを感じない。

白瀬が長浜の指示で運んでいる薬品は水酸化ナトリウムや塩素で、次亜塩素酸ナトリウムを生成するための薬品に間違いない。

他にはチオ硫酸ナトリウム、ピロ亜硫酸ナトリウムなどを運ぶこともあるところからみて、次亜塩素酸ナトリウムからクロラミンを除去する研究も重ねているようだ。

クロラミンを抜くということは、次亜塩素酸ナトリウムの無臭化に取り組んでいることとイコールである。

なぜ無臭化を進めているのか。

一つに製品の品質向上があるのだろう。あの独特の臭いが嫌いな人も多い。

無臭化した次亜塩素酸ナトリウムが開発されれば、用途は飛躍的に広がる可能性がある。

一方で、危険な薬品が無臭化されることはデメリットも生み出す。

強烈な臭いがすれば、誰しもその薬品が危ないものと認識するが、無臭であればそれに気づかず、酸を混ぜてしまい、知らぬ間に塩素ガスを発生させることもある。

本来無臭の都市ガスやプロパンガスに臭いが付いているのも、そうした事故が起こらないよう配慮されているためだ。

次亜塩素酸ナトリウムを間違って浴びたり、吸い込んだりすれば、化学熱傷を起こし、死の危険すらある。

無臭化を進めて、万が一、消費者に事故が起きれば、それはメーカー責任となる。天秤にかけると、無臭化はデメリットの方が大きい気もする。

現場で作業をしながら、研究理由を知る手立てはないものか、糸口を探っていた。

昼休みになり、白瀬は弁当を持って、五階の食堂へ向かった。

地下の作業員の昼食時間は、十一時から四十五分と決められている。そこを逃すと、昼食は摂り損ねる。

他のフロアの者たちと会わせないよう、タイムスケジュールが組まれていた。

白瀬はいつも窓際奥の席に座った。他の作業員も広い食堂に散らばり、誰とも目を合わさず、黙々と食事を済ませて、地下へ戻っていく。

話したくないのか、話せないのか。ちょっと判断付きかねるが、目立った動きはしたくないので、白瀬からは話しかけず、毎日うつむいて食事をしている。

「よう、調子はどうだ?」

話しかけられ、顔を上げる。

池田だった。

必要なこと以外、仕事中も食事中も仕事明けも口を開かないので、池田のように気さくに話しかけられると、少しうれしくなる。

田中耕一のように、口下手で人付き合いの苦手な者なら、何かと自分を気にかけてくれる池田をたちまち信頼してしまうだろう。

池田は差し向かいに座った。

「仕事には慣れたか?」

「はい。僕にでもできる仕事なので助かります。第一工場の仕事よりは簡単です」

「引きこもりには、いいリハビリになるだろう」

池田が笑う。

白瀬は顔を伏せた。

「こりゃすまん。言い過ぎた」

「いえ、その通りですから……」

白瀬はますます背を丸め、小さくなる。池田が話題を変えた。

「相変わらずの地味弁だな」

「はい。これしか作れないので」

小声で返す。

「もう少し、精のつくものを食え。唐揚げでも食うか？」

「いや、僕は……」

「ちょっと待ってろ」

池田は言うと、券売機で唐揚げ単品を買い、カウンターに出し、皿に盛られた唐揚げを持って戻ってきた。

「ほら、俺のおごりだ」

「いいんですか？」

「君が食わなきゃ、無駄になる」

「では……いただきます」

白瀬は一つを箸でつまみ、ぼそっとかじった。口元に思わずといった雰囲気の笑みを浮かべる。

「うまいか？」

「はい。唐揚げを食べたのなんて、いつぶりだか……」

ほふほふとおいしそうに頬張る。

池田は目を細めた。

「お母さんの具合はどうだ？」

「相変わらずです。けど、ここで安定収入を得られることがわかったので、思い切って、デイケアとリハビリの回数を増やしました。少しずつ回復してくれると思います」

「君は孝行息子だな」

「いえ。僕が苦労かけたせいで母は倒れたわけですから。今度は僕が苦労しなきゃ」

白瀬は小さいが、少し決意に満ちた口調で言った。

「そうか」

池田はうなずくと、少し身を乗り出した。

「もっと苦労する気はあるか？」

小声で訊いてくる。

「どういうことですか？」

「もう少しきつい仕事なんだが、稼ぎは今の二倍になる。やってみる気はないか？」

池田が誘いかけてきた。

「僕にできることですか？」

「できるよ。ただ、少々危険も伴う。だから、決意を持てる者だけにしか勧めていない。どうだ？」

池田は白瀬をじっと見つめた。

田中ならどうするだろうと考える。

田中を動かしている動機は、母を倒れさせた罪悪感だ。母を回復させるためならなんでもするという覚悟は持っている。

しかし、元来臆病でもある。

ひきこもるのは、一つに社会に対する恐怖や不安があるからだ。その恐怖や不安は、社会そのものが曖昧なものであるからに他ならない。

池田が今、口にしている話はまったく得体が知れない。

ここはもう一つ奥に踏み込むチャンスではあるけれど……。

田中なら行かない。

「すみません。僕は今の仕事が精いっぱいで……」

「そうか。そうだな。まだ、新しい仕事を始めたばかりだしな。まあ、少し頭の隅に置いといて、覚悟が決まったら声をかけてくれ」

池田は言うと席を立った。

別の席で食事をしている作業員に、同じように声をかけて回る。

池田の動きを見ていると、第三工場に送り込んだ者たちの監視をしているようだ。気さくに話しかけるふりをして、相手の変化を見ようとしている。

おそらく、池田はスカウトマンであると同時に、スカウトした作業員の管理も任されているのだろう。

端から見ている分には、面倒見のいい先輩社員だが、公安部的な視点で見ると、もっと

ろう。

うっかり身元につながるような言動を発してしまえば、あっという間に敵は動きだすだろう。

核心部への道筋がつくまでは、田中に徹するのが一番だ。

白瀬は食事を済ませ、弁当箱を片づけ、食堂を出た。

ちょうど同じタイミングで、他の作業員も食堂を出てきた。白髪交じりの頭の小柄な中年男性だ。胸元のネームプレートには荒井《あらい》という名字が記されている。

目も合わせず、エレベーターホールでエレベーターを待つ。箱が到着し、ドアが開いたので二人で乗り込む。

白瀬は声をかけないものの、先に入ってボタンに近い場所に立ち、荒井を迎え入れた。

ドアを閉め、地下二階のボタンを押す。箱が下がり始めた。

と、後ろに立っていた荒井が、ふいに白瀬に話しかけてきた。

「君、さっき池田さんに、新しい仕事を勧められなかったか？」

荒井の問いに、白瀬はボタンを見つめ、顔も動かさなかった。

「少しきつい仕事と言われただろう。給料も今の二倍だと」

荒井は前を見たまま、話を続ける。

「もし、その話なら、絶対に受けてはいけない」

荒井が強い口調で言う。

白瀬は少し驚いたようなふりをし、肩越しにちらりと荒井を見た。そしてすぐ、顔を前に戻す。

「私以外にも、地下二階で働く者たちは同じように仕事を勧められている。私は断わったが、池田さんの話に乗り、新しい仕事に移った者もいる。その者たちがどうなったか、知っているか？」

荒井に問われ、白瀬はかすかに顔を横に振った。

「消えた」

荒井が言う。

白瀬は顔を起こした。

「その中には、私が唯一、友と呼べる男もいたんだがね。その彼の消息はわからなくなった。彼のアパートにも行ってみたんだが、きれいに引き払われていた。アパートの管理人さんに話を聞いてみると、お兄さんが来て、片づけて、里に帰ったという。しかしな、その彼に身寄りはなかった。天涯孤独だったんだ。私と同じく」

荒井の話が止まらない。

どこかで誰かに話したかったのだろう。しかし、話し相手も見つからないし、誰にでも話していれば、自分の身にも危険が及ぶと感じているに違いない。

だから、入って間もない、事情を知らない若い〝田中〟に話をしている。

そんな雰囲気だった。

「彼のアパートを引き払った〝兄〟とは誰だ？　彼はどこへ行ってしまったんだ？」

荒井は一呼吸おいて、まだ話し続けた。

「私は、新しく入ってくる人たちに警告をしたくて、ここに残っている。だが、いずれはこうして話していることがバレて、私も消えてしまうだろう。そうなる前に、君は早くここから逃げたほうがいい。働く場所はいくらでもある。すぐにでも新しいところを探しなさい」

エレベーターが地下二階に到着した。

ドアが開くと、荒井は何事もなかったように先に降り、ロッカールームへすたすたと歩いていった。

白瀬は少し遅れて、荒井についていった。荒井は白瀬の方を見ることもなく、声をかけることもせず、さっさと着替え、作業場へ戻っていった。

消えたとはどういうことだ？

荒井の話を頭の中で反芻する。

話をそのまま理解すると、少しきつい、給料が二倍になる仕事に就けば、二度と戻れなくなるということだった。

つまり、荒井の友はなんらかの理由で〝消された〟ということだ。

池田は荒井の友に何をさせたのか。どこへ引きずり込んだのか。

荒井の友の失踪に関わった者たちを洗い出せれば、この会社で何が行なわれているかに深く食い込める。それは高津がしでかそうとしていることに直結するはずだ。

三日後だな――。

白瀬は悩みに悩んだ体を装い、三日後に新しい仕事場へ潜入すると決めた。

第六章　作業班、仕掛ける！

1

藪野は横山たちに、今村を監禁している小屋へ連れて行かれた。

歩いている途中、ふと気づいたことがあった。

一見すると、横山たちは道のない藪の中を進んでいるように見えた。が、先頭を歩く横山の仲間は、時折スマホを出して、何かを確かめるようにディスプレイを覗き、方向を確かめて進んでいる。

それとなく、先頭の男の手元を覗いてみると、画面にちらちらと光るものが映っている。男はそれを確かめ、藪の中を歩いていた。

蛍光塗料か……。

藪野は後ろから先頭の男の背中を見据えた。

ブラックライトに反応する蛍光塗料が一般的だが、中にはスマホやカメラフラッシュに反射する塗料もある。

それであれば、特別な装備もいらず、スマホ一つで山の中を歩くことができる。

藪野も薪拾いでよく山の中には入っていたが、スマホは持っていなかったので気づかなかった。

なるほどと感心しつつ、横山たちと小屋のある平地に出た。

小屋のドア口には青木がいた。大きなキャンピングチェアに座り、うとうとしている。

「おい」

横山が声をかけた。

青木ははたと気づき、立ち上がった。

「お疲れさんです」

頭を深々と下げる。

「しっかり見張ってろ」

横山は青木を睨み、ドアを開けた。

青木は頭を下げたまま、横山を見送ったが、藪野が通り過ぎる前に少し顔を上げ、横山の背中を睨みつけた。

その顔には不満が滲んでいる。叱責されたことに怒っているというより、横山本人を快く思っていないような顔だ。

使えるな、こいつ。

藪野は腹の中でにやりとし、横山に付いて小屋へ入った。

飯島こと今村は寝袋の上に横たわっていた。まだ、体へのダメージはかなり残っているようだ。

音に気づき、今村はゆっくりと寝返りを打ち、顔を起こした。藪野の方を見る。しかし、他の者たちを見る目と変わらない眼差しを向けただけだった。

「飯島さん、加減はいかがですか？」

横山が話しかける。

「いいわけないだろう」

今村は横山を睨んだ。

「そのくらいの気迫を見せられるなら、少しずつ良くなってきていますね。今日はちょっと会わせたい者がいまして、連れてきました」

横山が藪野を見た。藪野は歩み出た。

「堀切という男です。高津さんの推薦で、このほど、我々の仕事を手伝ってもらうことになりました」

「堀切です」

藪野は頭を下げた。今村は横山に向けたものと同じ目つきで藪野を睨む。

「堀切さんが、ぜひ飯島さんに伺いたいことがあると言うので、連れてきました。堀切さん、どうぞ」

横山が勝手に話を進めた。

藪野は横山をひと睨みしたが、ここまで来て退くわけにもいかない。

藪野は今村の脇に歩み寄った。しゃがんで、今村の顔を覗く。

「ひでえやられ方してんなあ。あんた、公安なんだってな。何をしたんだ？」

藪野は顔の傷を見るふりをして、自分の背中で今村と後ろにいる横山たちの視線を遮った。

その瞬間、指文字でサインを送る。

〝もり　けいこうとりょう　みち〟

一度、上体をずらし、横山たちの視線を解放する。

「ここで何を調べてたんだ？」

藪野はさし障りのない質問をしながら、また視線を遮り、同様のサインを送る。

「話してくれねえと、俺も困るんだけどな」

話しかけつつ同じ動作を三度繰り返すと、今村はサインを読み取り、まばたきで合図をした。

「あんた、口はねえのか。うんでもすんでも、返事くらいしろよ」

藪野はため息をつき、後ろを向いて横山を見上げた。

横山は腕組みをし、藪野を見下ろしている。

またため息をつき、今村に向き直る。

「こいつらが訊きてえのは、あんたがここで何を探っていたかだ」

「それは先日、横山に話した」

「おっ、口利けるんじゃねえか。時々、口開かねえと、言葉を忘れちまうんだ。そうか、わかった」

藪野は腰を下ろし、あぐらをかいた。

「あんた、言葉を忘れちまったんだな。少し、話そうや」

「おまえと話すことなどない」

「まあまあ、そう言わずに」

悠長な口ぶりに、横山が藪野の脇に近づいた。

藪野は横山を見上げた。横山は藪野を睨む。藪野は笑って返した。

「おまえも座れ。ごりごりに怖え顔してちゃ、世間話もできねえだろうが」

そう言い、隣を指でトントンとつつく。

横山は渋々、藪野の横にあぐらをかいて座った。

「公安ってのは、どんな捜査をしてるんだ？」

藪野が唐突に訊いた。

横山は目を丸くした。すぐに呆れたように顔を横に振る。

当然、今村は口を開かない。

「なあ、ちょっとでいいから、教えてくれよ。そこいらのサツがどんな捜査をしてるのかは、俺もちょっとは知ってるが、公安の人間なんて会ったことねえ。やっぱり、あれか？ドラマみてえに忍び込んで、スパイするのか？」

「おまえ、何を訊いてんだ」

横山が口を挟む。

藪野は横山を見やった。

「知りてえことを訊いてるだけだ。おまえは、公安がどんな捜査をしてるのか、知ってるのか？」

「今、こいつらがやっているようなことじゃないか。人の敷地に偽名で潜入して、あれこれと探る。ドブネズミのような真似をしてやがる」

「それは俺もわかっている。あれこれってのは、何を探ってたんだ？」

「うちの資金の出所だ。こいつもそう話した。そこは間違いないだろう」

横山が言う。

それを聞いて、藪野は大笑いした。

「何がおかしい！」

横山が気色ばむ。

「おまえ、こいつが話したことを信じてんのか？」

「信じちゃいないが、そういう部分も探っているのは事実だろうが」

「事実かどうか、どうやって確かめた？」

横山に訊ねる。

横山は言葉に詰まった。

「まあ、確かめる必要はねえけどな」

「どういうことだ？」

横山が睨む。

「おまえら、新聞読んでるか？　ニュース見てるか？」

藪野は言い、今村を見据えた。

「公安の敵といえば、昔から決まってる。共産主義者か過激派だ」

藪野が言い切る。

横山や青木たちはきょとんとしていた。

「俺が出入りしていた場末のバーに、学生運動をしていたおっさんたちがよく集まってた。そいつらはいつも、俺たちの敵は公安だと言ってた。つまりだ。うちの資金がどこから出てるかなんてのはどうでもよくて、こいつらが探ってんのは、おまえらが共産主義者か、左翼過激派かってことだ。そうだろ？」

今村を見つめる。

「おまえらが共産主義者か左翼過激派だと認定されれば、これから一生、こいつらに付きまとわれることになる。その人が言ってたよ。学生運動から身を退いて五十年以上、こいつらに監視されてたってよ。おまえらがもし、そうした類の人間なら、リストアップして監視するつもりだったんだろう。しつこいぞ、こいつらは」

藪野は横山と今村を交互に見ながら話した。

肩越しに後ろに立っている若者たちを見ると、顔が若干強ばっていた。

「いつの時代の話をしてるんだ」

横山が言う。

「時代は関係ねえだろ。今はそうした過激派をテロリストと呼ぶが、言い方がどうであろうと、公安が狙ってるのはそういう連中だってことは間違いない」

藪野は言い返し、睨んだ。

と、今村が突然、笑いだした。

「何がおかしいんだ」

藪野が睨む。

「いやいや、久しぶりに聞いたもんでな。共産主義者なんて言葉を」

「おまえらが使ってる言葉だろうが」

藪野は今村を見据えた。

「確かに、おまえの言うとおり、高津及び護国の戦士メンバーが共産主義者、もしくは左翼過激派かは調べさせてもらった」

今村は横山を見上げた。横山の目尻が少し引きつった。

「しかし、おまえらがどちらかだという証拠はつかめなかった」

今村が残念そうにため息をつく。

「まあ、まだ現場は調べているだろうが、俺の感じでは、おまえらがそうだとしても、証拠は出てこないだろう。今までの感覚で調べていてもたどり着かない。堀切と言ったか。おまえのことも徹底して調べてやるから、覚悟しとけ」

今村はにやりとして余裕を覗かせた。

「俺は何も出てこねえよ」

藪野は今村を睨み、立ち上がった。

「もういいだろ、横山。これ以上、何も出てきそうにねえ」

「なぜ、そう言い切れる？」

横山が座ったまま見上げた。

「わからねえか？　なら、おまえの目は節穴だ」

藪野は言い捨て、勝手に小屋から出て行った。

青木が追ってきた。

「堀切さん、待ってください」

森へ入る前に藪野は立ち止まった。

「おう、ちょうどよかった。俺は道がわからないんだ。案内してくれ」

青木に言う。青木はスマホを出し、森の中へ入った。藪野がついていく。

「堀切さん、さっきの話なんですが」

「なんだ？」

「飯島の口からは、これ以上、何も出てこないという話。どうして、そう判断したんですか？」

青木が訊いてくる。

藪野はいつもより重々しい口調で切り出した。

「俺は公安のことは知らねえが、日本赤軍とかが暴れてむちゃくちゃなことをしていた時のことは周りの大人たちから聞いて知っていた。話のきっかけに、その拙《つたな》い知識をぶつけてみた。すると、あいつはあっさりとおまえらに過激派の疑いをかけて身元を調べていたと白状した。つまり、あいつらが調べていたことは、それではないということだ。資金源を調べているという話もしていただろう？　それもおそらく、本丸ではない。そうして情報を小出しにすることで、本当の目的を隠そうとしている」

「そうでしょうか？」

「一見、深いところを話しているように見えて、あいつが話しているのは、ちょっと昔の公安の話をかじったことのある者なら誰でも知っていることだ。俺でも知っている程度のことだが、おまえらみたいに学生運動に傾倒したジジイどもの話を聞いたことのない連中には、すごい話のように思えるだろう？」

「確かに……」

青木がうなずく。

「あのタイプは、決して本音を吐かないんだよ。それどころか、おまえにだけ話すとかなんとか言って、それらしい話を聞かせながら、こっちを取り込もうとする。青木、気をつけておけ。あいつは怖えぞ。話をすればするほど、取り込まれる」

藪野が鋭い眼差しを覗かせる。

青木は立ち止まって、生唾を飲んだ。

「どうすればいいでしょうか……」

「必要最小限な会話しかしないことだ。いや、一方的に用件だけ伝えて、会話しなくてもいい。それと、あいつとよくしゃべっているヤツがいたら、仲間でも気をつけろ。取り込まれているかもしれねえからな。今は周りを疑え。特に幹部には用心しろ。ああいう人間は、上の方から落としていくから。ちょっとした疑いの目を持つことが、自分の身を守ることになる」

藪野が語る。

青木がうつむく。様々な感情が胸の内に渦巻いているようだ。

それを見て、藪野は心中でほくそ笑んだ。

2

その日の夕方、瀧川はキャンプ場に戻ってきた。

青木から、今村が監禁されている小屋まで案内された。

「ただいま、戻りました」

瀧川が言うと、今村はむくりと上体を起こした。

「大丈夫ですか？」

瀧川が駆け寄る。

「だいぶ楽になった」

今村は壁にもたれ、瀧川を見やった。

「調べは進んだか？」

「何人かはウイークポイントを見つけられました」

瀧川が言うと、今村は青木に目を向けた。

「青木」

声をかけると、青木はびくっと肩を震わせた。

「なんだ」

必要以上に尖った声で返し、睨んでくる。

「高木が持って帰ってきた報告書を確認したい。公安部が偽情報を仕込んでいることもあるからな。いいか？」

「ダメだ。高津さんが来るまで待て」

青木は命令した。

「もし、この報告書が偽情報ばかりならどうする？　俺たちも無事では済まんが、おまえたち幹部連中も粛清されるかもしれないぞ」

今村は脅した。青木の目が泳ぐ。

と、脇にいた別の若者が割って入った。

「青木さん、確認するくらいはいいんじゃないですか？　筆記用具はないから、改ざんもできませんし」

青木に言う。

青木はその男を睨んだ。藪野の言葉が脳裏をよぎる。

割って入ってきた男は、三峰《みつみね》という男だ。幹部ではないが、青木たちと共によく行動している大学生だった。

「おまえ、いつから俺に意見できる立場になったんだ?」

青木が睨んだ。

「そういうつもりじゃないんですけど……」

いきなり敵意を向けられ、三峰は戸惑った。

「だったら、黙ってろ」

青木は乱暴に言う。

瀧川と今村は、青木の様子を見逃さなかった。目を見てうなずき合う。

今村が口を開いた。

「そっちの彼は話がわかるな。俺はおまえらの安全も含めて、提案している。おまえらが高津をどう思っているかは知らないが、俺の見立てでは、あいつは使えない仲間はあっさりと切る男だぞ」

瀧川が今村の言葉に被せた。

「切るという意味がわかるか? 殺すということだ。俺たちは、悲惨な目に遭った組織の下っ端を大勢見てきた。ここも、似たり寄ったりだ。生きることを考えたほうがいいんじゃないか?」

瀧川の言葉に、青木と三峰の顔が引きつる。

「ほら、早くしないと、高津が来てしまうぞ。どうするんだ、青木?」

今村が青木を見上げる。

青木は逡巡していた。黒目が激しく動く。

「青木さん、確認してもらった方がいいですよ」

三峰が煽られて、青木に詰め寄った。

「うるせえ、てめえら!」

青木は三峰を突き飛ばした。三峰がよろめいてつまづき、瀧川の足下に倒れる。

「何するんですか!」

三峰は倒れたまま、下から睨み上げた。

「てめえも犬だろ」

青木が声を震わせる。

「何言ってるんですか、青木さん」

「飯島、てめえ、三峰を垂らし込んだんだろ。俺を騙そうったって、そうはいかねえぞ!」

青木が近づいてきて、いきなり今村を蹴ろうとした。

瀧川は今村の前に膝行《しっこう》した。背中に青木の脛が入り、息を詰める。

「何をするんだ！」

瀧川が怒鳴る。

「うるせえ！　てめえら全員、死んじまえ！」

青木は二度、三度と瀧川の背中を蹴った。

三峰があわてて立ち上がり、背後から腰に手を回して引き離す。

「青木さん、やめてください！」

「うるせえ、犬が！」

青木は肘を振って、三峰を振り払おうとした。

ドアが開いた。

「何を騒いでいるんだ！」

横山の声が小屋に響く。青木は動きを止め、振り返った。

高津と藪野の姿も見える。

「こいつらが意見するんで、ちょっと教育していただけです」

青木は体を揺さぶって、三峰の腕を振り払った。

「教育するのに暴力はよくないですね」

高津が笑みを浮かべたまま、入ってくる。

「暴力で言うことを聞かせるのは、民度の低い野蛮人たちがすることです。僕たちはそうではない。崇高な理想に理性をもって突き進んでいる仲間。違いますか?」

高津が青木を見つめる。口角は上がっているが、両眼は刺すように冷ややかだった。

「すみませんでした」

青木はうつむいた。

「感情的になる人に、この場は任せておけません。君の配置は変えましょう。横山君、青木君を事務所まで」

高津が言う。青木は色を失った。

藪野が青木に歩み寄った。

「俺が連れて行くよ。こいつらに話はねえからな。横山がいたほうが、いざって時に役立つだろう。なあ、大将」

藪野は青木の肩を抱いた。

「……そうですね。では、お願いします」

高津は藪野を見て会釈した。藪野はちらりと瀧川たちを見て、青木を小屋から連れ出した。

「何があったんですか?」

高津は三峰に訊いた。

「それが……」

三峰が言い淀む。

代わりに、今村が口を開いた。

「高木が持ち帰った報告書に偽情報がないか、俺に確認させてくれと言ったら、青木がダメだと言った。そっちの彼が確認してもらった方がいいと言うと、突然、怒鳴り出した。俺に逆らうのかというような感じでね」

「そうでしたか」

「ここで確認したところで改ざんはできないと、その彼は言ったんだが、意見されたこと自体が気に入らなかったみたいでね。彼だけでなく、俺たちにまで暴行を加えようとしてきた」

「そうなのか？」

横山が三峰を見やる。

「はい。その通りでして……」

三峰はうなだれた。

「それは申し訳ありませんでした。青木君にはきつく言い含めておきます」

高津は微笑んだ。瀧川を見やる。

「高木さん。報告書を確認してもらってください」

高津が言う。

瀧川は持っていたバッグからクリアホルダーを出した。今村に手渡す。

高津は横山が広げたキャンピングチェアーに腰かけ、二人の様子を見ていた。

瀧川は今村とファイルを見た。

「なるほど、タヌキジジイばかりだな」

今村はつぶやき、指でファイルをなぞりながら、収められた報告書を見ていく。

瀧川は報告書の内容を確認するふりをしつつ、今村の指先を追っていた。

今村は時折、爪先で文字を指した。その文字を記憶していく。

「どうです、飯島さん」

高津が訊く。

今村はじっくり報告書を見るふりをして、ホルダーを閉じた。

「間違いない。この報告書は本物だ」

瀧川に手渡す。瀧川の脇に横山が歩み寄った。瀧川は横山にホルダーを渡す。横山がそれを高津に渡した。

高津はホルダーを開いた。目を通していく。

「ほお、これはすごい」

高津の口から思わず感嘆がこぼれる。

横山は後ろから覗いていた。

「あの会社の役員が、小児性愛者だったとはな……」

不動産会社役員の報告書を見て、横山は眉をひそめ、つぶやいた。

他にも政治家の性癖や贈収賄の実態など、どれも一級品のスキャンダラスな情報が記されていた。

「しかし、どれも中年の方ばかりですね。高木さん、若手文化人のウイークポイントは見つかりませんか？」

高津はファイルを読みながら訊いた。

「調べてみたが、この頃の若い人たちは真面目というか、堅いというか。夜な夜な飲み歩いたり、乱交していたりという事実はなく、自身のテーマに専心しているようだ」

「でしょうね。僕たちの世代は、昭和世代の人たちが何をしてきて、どういう結果を招いたかを肌身に染みて知っていますから。同じ過ちは繰り返さないように、自分を律しているのでしょう」

高津はホルダーを閉じた。

「ありがとうございました。この調子で、リストアップした人たちの情報収集をよろしくお願いします」

そう言って、立ち上がる。

「飯島さん、高木さん。ここでは不自由でしょうから、冷暖房設備のあるバンガローに移ってもらおうと思っているのですが、いかがですか？」

高津が提案する。

「そうしてもらえるとありがたい。主任は回復しているが、この環境ではまた体調が悪化するかもしれない。せめて、布団かベッドで休めるようにしてもらえれば」

「そちらにはベッドがあります。うちのかかりつけの医者にも一度診てもらいましょう。横山君、すぐに手配してください」

「わかりました」

横山が軽く頭を下げる。

高津と横山が小屋から出て行く。三峰が見送りに出た。

今村がぐらつく。瀧川が支えようと抱き留める。今村は顔を近づけ、耳元で囁いた。

「さっき知らせたことを部長に」

今村が言う。

瀧川は小さくうなずいた。

3

森の中を歩いていた藪野は、青木から話を聞いた。

青木は三峰が飯島こと今村に抱き込まれていると確信していた。

「そりゃあ、おまえの見立ては間違ってねえな」

藪野が同意する。

「しかし、騒いだのはまずかったな。俺が高津たちと一緒に小屋へ行ったからよかったものの、横山に連れ出されていたら、どうなっていたかわからねえぞ」

「なぜです？　俺は、犬を見つけ出したんですよ。三峰が処分されても、俺は功労者として——」

「そこが甘いんだよ」

言葉を遮り、青木を睨む。

「三峰は当然処分されるだろうが、おまえも疑われる」

「なぜですか！」

青木は納得できず、声を上げた。藪野は青木の両二の腕をがしっとつかんだ。

「一度疑った者はとことん疑う。そうしてきただろうが、おまえも！」

青木を見つめる。青木の目が揺れた。

「逃がしてやる」

「えっ……」

「逃げろ。それしかねえ」

「いや、でも……堀切さんはどうなるんですか？」

「俺は大丈夫だ。こんな修羅場は何度も潜り抜けている。いざとなりゃ、俺も姿を消す。心配するな」

「でも、逃げるなんて……」

「殺されるぞ、バカやろう！」

目の前で怒鳴った。

青木の顔が引きつった。体が硬直する。

「俺はずっとおまえらを見てきたが、おまえは横山や他の幹部とは違う。私利私欲なく、高津と共に日本の山と水を守るために戦っていた若者だ。そんな芯のある若者を殺させてたまるか！」

「堀切さん……」

青木の目が潤む。思考も感情も混乱している様があからさまに見て取れる。

「スマホを貸せ」

藪野が言う。青木は素直に自分のスマートフォンを藪野に差し出した。

藪野は携帯の番号を入れた。そして、名前を入れ、電話帳に保存する。

「この敷地から出たら、すぐこの山本というヤツに連絡をしろ」

「誰ですか、こいつ」

「俺の小学生時代からの親友だ。いいところの企業に勤める役員さんだよ。真面目なヤツでな。俺とは正反対だが、困った時はいつも助けてくれる。堀切から聞いたといえば、必ず、おまえを助けてくれる」

「でも、堀切さんにも迷惑をかけてしまうんじゃ……」

「いいんだよ。今は、そんなことを言ってる場合じゃねえ。命あっての物種だ。ここから出るルートは知ってるな」

藪野が訊く。

「山越えルートだな？」

「いえ、あっちには監視網があるんで、森を下ります」

「そうか。俺はわからねえから、おまえ一人で行ってくれ。俺は森の中で迷っておくからよ」

「それは……」

躊躇する青木をいきなり抱きしめた。

青木は驚いて、目を見開いた。

「生きろよ、未来ある若者」

強く抱きしめて、押し離す。

藪野を見る青木の黒目が大きくなっていた。好意を抱いた証拠だった。

「行け！」

背中を叩く。

青木は少しずつ斜面を下っていく。時折、振り返っていたが、途中から脱兎のごとく駆け下りていった。

青木の姿が見えなくなった。

藪野はふうっと息をついた。

「あとは頼んだぞ、日埜原」

藪野が教えた山本の番号は、日埜原がいくつか持っている緊急連絡用の携帯番号の一つだった。

「さて、確かめてみるか」

藪野は自分のスマホを出した。

カメラを起動し、森の草木に向けてみる。木の幹に青や緑の蛍光塗料で矢印が描かれていた。

「なるほどな」

藪野はにやりとし、森の中を歩きだした。

4

青木を逃がした二時間後、藪野は山の中で発見され、仲間に抱えられ、管理事務所に戻ってきた。

事務所に詰めていた横山が駆け寄ってきた。

「どうしたんだ、堀切！」

「どうもこうもねえ……。あのガキ、俺をいきなり殴って逃げやがった」

「座らせろ！　手当してやれ！」

横山が声を張る。

藪野はソファーに座らされた。顔は腫れ上がっていた。衣服は裂け、右上腕と左太腿にも深い傷を負っていた。

もちろん、自分で傷つけたものだ。中途半端な青痣だと横山たちは疑う。なので、血みどろになるまで自身を痛めつけた。

案の定、山の中で倒れていた藪野を発見したメンバーや事務所にいた者たちは、藪野の姿を見て動揺した。

事務所にいた者たちが救急箱を持ってきて、あちこちの傷にガーゼを貼り、包帯を巻く。

横山は脇に立ち、藪野の顔を覗き込んだ。

「何があった？」

「戻る途中、青木に何があったのか、聞いてみたんだよ。なら、三峰がサツの犬だって言うじゃねえか。そんなわけねえだろって、言い合いになったんで、おまえが犬じゃねえのかって言ったんだ。そうしたら、いきなり殴りかかってきやがった」

　藪野は無事な左手を広げて見せた。

「それでも青木を追ったんだが、俺は山ん中の歩き方を知らねえ。迷っちまって、足滑らせて、このありさまだ！」

　破れかぶれを気取って怒鳴り、立ち上がろうとする。が、すぐ顔をしかめて、ソファーに腰を落とした。

「なぜすぐ、連絡しなかった！」

　横山が声を張った。

「スマホは奪われた！　どこにあるのかもわかりゃしねえ！」

　左手を伸ばし、横山の胸ぐらをつかんで引き寄せた。

「てめえらが俺に山ん中の歩き方を教えなかったから、こうなったんだろうが！」

　ぐいぐいとつかんで揺らす。

　横山は藪野の手を振り払って、体を起こした。絞まった喉をさすり、藪野を睨みつける。

「どっちへ逃げた？」

「山を下っていった。方向はわからねえ」

「おい！」

　横山が声をかける。何人かの仲間が駆け寄った。

「駅まで捜しに行って来い。見つからなくても、駅に着いたら連絡しろ」

命じると、何人かの男女が事務所から出て行った。

他の者たちも、藪野の手当てを終えると、事務所から駆け出た。

藪野と二人になった横山はスマホでどこかに連絡しようとしていた。

「横山」

藪野が呼びかける。

「横山！」

少し声を張ると、横山は手を止め、藪野を睨んだ。

「なんだ！」

「どこに電話してんだ？」

「高津さんだ！　知らせておかなきゃまずいだろうが」

「やめといたほうがいいんじゃねえか？」

藪野が言う。

「どうしてだ？」

横山が訊き返した。

「俺がしくじっちまったのはすまねえと思ってる。俺が処罰を受けるのは仕方ねえ。が、おまえもただじゃ済まねえだろうな。元はといえば、青木をしっかりと管理できてなかったことが原因だ」

「ふざけるな。青木があんなふうにおかしくなっていたことなどわかるか！」

「そうだよな。俺も、あの変化には気づけねえと思う。他の連中もそうだろう。だが、うちの大将はどうだろうな。疑り深えし、完璧主義者だ。今回の件は、おまえの失態とみなすんじゃねえか？」

「そんなわけないだろう」

「どうかな。あの場で、青木の言い分も聞かず、即座に現場から外した。おまえだったらどうする？　青木の言い分も聞いてやるんじゃねえか？」

「まあ、そりゃな……」

「だろ。俺もそうした。青木はちょっと短絡的なところはあるが、簡単に暴力を振るうようなヤツじゃねえ。それなりの理由があるんだと思った。だが、三峰が犬だとしか言わねえ。それはさすがにおかしいんで問い詰めたら、俺まで襲って逃げた。なあ、横山。三峰、大丈夫か？」

「大丈夫かとは？」

横山が藪野を見やる。

「ヤツは本当に犬じゃねえのかな」

「あんたも違うと言ったじゃないか」

「そうだ。普通に考えればそうなんだが、青木が俺を殴り倒してまで訴えるのは、ちょっと気になる。三峰はともかく、青木が言っていたように、あの飯島ってヤツに取り込まれてるのがいるんじゃねえか？」

藪野は横山を見上げた。

横山の黒目が揺れる。

「もし、そういうヤツがいて、放置してたら、それこそおまえの管理者責任を問われるぞ」

藪野は静かなトーンで言った。

その声色に、横山の黒目はさらに揺らいだ。

「いっぺん、ここにいる連中を調べてみたほうがよくねえか？　報告はそれからでも遅くねえだろ。青木の件は、俺がかぶってやる。まあ事実、俺が取り逃がしちまったんだけどな」

柔らかい口ぶりで話すと、横山はおもむろに藪野を見つめた。

「どうすりゃいい……と思う？」

横山にしては弱々しい声色だった。

それだけ、高津のことを恐れているのだろうと見て取れる。

ここが攻めどころだった。

「俺が調べてやるよ」

藪野が言った。

横山は藪野を見つめた。その顔にはまだ戸惑いが滲む。

「おまえは普通にしてりゃいい。いや、むしろ普通にしておけ。おまえが探っているとなりゃ、寝返ったヤツは身を潜めるか、逃げるかしちまう」

「どうやって調べるつもりだ？」

「俺を飯島たちのいる小屋番に付けろ。で、他の小屋番は、これまでに飯島と接点があった者に限定しろ。盗聴盗撮器も小屋に仕込む。あとは俺の目を信じてもらうしかねえが」

「盗聴器なら仕掛けてある」

横山がぽろりと漏らした。

藪野は驚きもせず、話を続けた。

「そうか。盗撮器は？」

「監視カメラは特に仕込んでいない」

「なら、盗聴だけでいい。あと、山の歩き方を教えてくれねえか。青木みてえに取り逃がしたくはないからな。できれば、全体の地図もあれば」

藪野はここぞと畳みかける。

横山は逡巡していた。

「今度逃がしたら、俺もおまえをかばいきれねえ。おまえが俺を信じてねえのは理解するが、ここは手を組まねえか？　お互いのためによ」

藪野が言う。

横山は深くうつむいた。少し間を置き、やおら顔を起こす。

デスクに歩いて行った。椅子に座り、デスクトップパソコンとノートパソコンを同時にいじった。

藪野はじっと横山の様子を見ていた。横山の指の動きがせわしない。急いで作業をしている様子が見て取れる。

五分ほど待つと、横山はノートパソコンを閉じ、立ち上がった。藪野の下に戻ってきてノートパソコンを差し出す。

「ロックコードは８６８８６。ここに飯島と接触したメンバー、盗聴の記録、敷地全体の地図、山中の移動方法が入っている。経理データなどは抜かしてもらった」

「必要事項のみ、入っているということだな？」

藪野の問いに、横山がうなずく。

「ありがてえ。とりあえず、小屋まで連れて行ってくれねえか。そこでお前の口から、俺が小屋番要員になると伝えてほしい。俺が言うだけじゃ、納得しない連中もいるだろうからな」

「不動産交渉はどうする？」

「そっちは田上と穂積を中心に回せ。あいつらには、俺のやり方をしっかりと仕込んだ。ほぼ、あいつらだけで交渉はまとまる。どうしてもって時は、俺が出るよ」

「わかった」

横山が左手を伸ばす。

藪野が左手を握ると、横山はその手をしっかりと握り、藪野を引っ張り立たせた。

5

青木は山を下り、幹線道路に出た。そのまま歩いて最寄りの駅へ向かっていたが、途中、疲れて、道路脇の茂みに隠れ、座り込んだ。

駅まではあと二十分ほど歩けば着くだろう。走ってそのまま電車に乗ってしまいたいが、地方の鉄道は本数が少ない。

ホームで悠長に電車を待っていれば、捜しに来た誰かに捕まる恐れもある。

そもそも、それほど手持ちはない。逃げるにしても、都心までは無理だ。

空を見上げた。茜色に染まっている。

まもなく日が暮れる。闇夜に紛れて、歩き続けるしかない。

冷静になってみると、なぜ逃げ出してしまったのかと、後悔が胸をよぎる。

堀切に煽られ、パニック状態で勢い飛び出してしまったが、逃げることはなかった。自分の見立てを落ち着いて話せば、高津や横山はわかってくれたかもしれない。

だが、今となってはそれも難しい。

戻ったところで、誰も自分の言葉は聞いてくれないだろうし、自分が犬と疑われるリスクも高い。

家族の元へ戻ろうとも考えたが、横山たちは実家まで追ってくるだろう。

大学にも戻れない。しばらく、休むしかない。捕まれば、ひどい仕打ちが待っている。

横山の指示の下、敵を痛めつけていた青木だからこそ、その怖さも知っている。

青木は深くため息をついた。立てた両膝に腕を置き、うなだれる。

キャンプ場を出た途端、行き場がなくなった。

青木は護国の戦士が創設された頃の初期メンバーだった。

大学には通っていたが、漫然と講義を聞くだけ。友達と遊びにも出ていたが、日々を食い潰しているだけで、何の実りもない。

といって、これといった夢も志もない。

このまま大学を出て、就職して、ただただなんとなく流されて生きていくことになるのか……。

そう思っていた時に、大学の講演に来た高津と出会った。

高津は、まだ護国の戦士を立ち上げる前で、たまにメディアには出るものの、名前もあまり売れていなかった。

講演は教室を借りてのもので、いっぱいに入っても三十人がせいぜいだった。

そんな狭い会場でも満員にはならず、のちに仲間となるメンバーが呼び込みをしていた。

青木も、山林や水資源を守るなんて話にはたいして関心もなかったが、他に興味があることもないので気まぐれで入ってみた。

会場内にいたのは、青木も含めてたったの五人。青木は一番後ろの席に座り、高津を見つめ、話を聞いていた。

最初は足を組んで体を横に向け、聞き流していた。

しかし、高津の訴えが一つ、また一つと胸の奥に沁みてきた。

帰り際、高津のSNSアカウントが入ったチラシをもらった。

以来、SNSで高津の予定を確認しては、番組をチェックし、講演会へ出向き、高津イズムのようなものを吸収していった。

それから三か月くらい経ったころだった。

高津本人から、護国の戦士を立ち上げることを告げられ、その運営スタッフにならないかと誘われた。

光栄の極みだった。

それまで、特に蔑まれたこともないが、誰かから必要とされたこともなかった。

ただそこにいるだけの人の形をした肉の入れ物、その他大勢だった。

それが、高津から承認されたことで、その他大勢ではない何者かになれた気がした。志を一つにする仲間を得たことで、やっと望んでいた居場所を見つけた気がした。

それからは高津指示の下、日本を食い荒らす者たちから山と水源を守ってきた。時に、相手の命を奪ってしまったこともあったが、それも大儀のためと思うと、罪悪感は薄れた。

何より、護国の戦士の中心メンバーとして活動している自分に誇りを感じていた。

大学の同期生や高校時代の友人たちが危機感なく遊び惚けている中、自分は日本を守るために人知れず奮闘しているという事実が、青木という人間を支える核となっていた。

しかし、その核はもう手放さなければならない。

これまでに築いた仲間との信頼は、もはや取り戻せない。

また、何者でもないその他大勢に戻るだけ。

いや、それ以下になるのか……。

大義のためとはいえ、非道を繰り返してきた。

敵とみなした者には暴行を加え、殺めてしまった。

熱が冷めていくと、自分のしてきたことが急に現実として迫ってきた。

ただでは済まない。

警察も怖いが、護国の戦士も怖い。警察に逮捕されても裁判にかけられるが、死刑にまではならないだろう。

しかし、護国の戦士は何をするかわからない。警察に何かを話す前に自分を見つけ出して監禁し、場合によっては口封じをするだろう。

まともな思考が戻ってくるほどに、怖くなってくる。手が震え、足先が冷たくなる。

「どうしよう……」

青木は膝を抱き寄せ、小さくなった。

現実に戻るほどに、今さらながら、事の重大さが身に沁みてきて、震えが止まらなくなってきた。

その時、声が聞こえた。

「いたか！」

「いや、いない！」

その声が聞こえてすぐ、複数の男女が坂を駆け下りてきた。立ち止まっては周囲を見回す。

青木は茂みの奥に後ずさりし、さらに膝を抱いて身を丸めた。

「駅に行ったか」

「そうだな。急ごう」

複数の男女が走っていく。

もう追ってきたのか……。

駅へは行けない。のこのこと姿を見せれば、捕まるだけだ。歩いて逃げるにしても、道路をふらふらしていれば見つかる。

どうする……。

青木はふと藪野を思い出した。

スマホを取り出し、教えられた〝山本〟の電話番号を表示する。

どういう人物かわからない。信じていいのかも判断できない。

しかし、頼れる人がいない……。

青木はじっと手元を見つめていた。逡巡し、最終的にタップする。

呼び出し音が鳴った。耳に当てる。五回鳴って、相手が出た。

「もしもし、山本さんですか」

声の震えを抑え込み、平静な口調を装う。

――そうですが。

優しそうな落ち着きのある声色だった。

「堀切さんをご存じですか？」

——はい、知っていますが。どちらさまですか？

「青木と申します。堀切さんから伺って、連絡させていただきました。いきなり、こんなことをお願いするのは申し訳ないんですが、助けていただけないでしょうか」

丁寧に言おうとするが、もうあまり頭が回っていない。

「堀切さんから、困ったことがあれば、山本さんに電話しろと言われました。必ず助けてくれるからと」

話している最中に涙が出てきた。鼻を啜る。抑えようとしても嗚咽が漏れる。

「助けてください……。助けてください」

涙が止まらなくなり、しゃくりあげる。

電話の先にいるはずの山本から返事がない。

「助けてください。助けて……」

青木は膝を抱えて号泣した。体の震えも止まらない。

と、山本が口を開いた。

——今、どこにいますか？

「来てくれるんですか？」

——行きますよ。堀切君の知り合いなら、私は誰でも助けます。

「ありがとう……ございます」

——現在地の地図のURLをショートメッセージで送ってください。そして、私が行くまでそこを動かないで。すぐに行きますから。今すぐ送ってくださいよ。

「ありがとう。ありがとう」

青木はいったん電話を切って、地図アプリで現在地を表示し、URLを山本のショートメッセージに送った。


日埜原のスマホに、青木からのメッセージが入ってきた。

日埜原の前には鹿倉がいる。

「弱った子羊からメッセージが来ましたよ」

日埜原はスマホを振って見せた。

「突破口になりますな」

日埜原の言葉に鹿倉がうなずく。

「すぐ、部員を向かわせて、拘束しろ」

鹿倉は命じ、鋭い目で宙を見据えた。

6

白瀬はその日の仕事を終えた後、少し遊歩道のベンチに座っていた。

そこに池田がふらふらと近づいてきた。

「よお、田中君。どうした?」

池田が横に座った。

「池田さんを待っていたんです」

「俺を?」

「はい。先日のお話なんですが」

「倍稼げるって話か?」

池田が白瀬を見やった。

白瀬はうなずいた。

「紹介していただこうかと」

「決心がついたのか?」

「はい。ここで働き始めて、ずいぶん生活は安定してきたんですが、先のことを考えるとまだまだ足りないとわかりまして……。僕が動けるうちに、もっと稼いでおかなければと思いまして」

「そうか。おまえも大変だな」

池田は肩に手を回してきた。ポンと肩を叩く。

「わかった。いつから異動する?」

「明日からでも」

「今晩、手続きをしておく。明日は十時出社でいい。駅で待っとく」

もう一度、肩をポンポンと叩いて立ち上がり、去っていった。

さて、次の段階だな——。

白瀬は池田の背中を見つめた。


翌日、白瀬が改札を出ると、池田が待っていた。

周りをちらちらと見て、歩きだす。白瀬はついていく。

工場行きのバス停がある方とは反対側の階段を下りていく。

「どこへ行くんですか？」

訊くが、池田は答えず、足早に階段を下りた。白瀬も急いで追った。

池田は昇降スペースに停めていた黒塗りのワゴンの後部スライドドアを開けた。先に乗り込み、白瀬を手招く。

白瀬も小走りで駆け寄り、車に乗り込んだ。

ドライバーが運転席にいた。少しいかつめな男だ。スーツを着ているが、サラリーマンのような風情ではなかった。

白瀬が乗り込むと、スライドドアが勝手に閉まり始めた。運転席から操作したようだ。

ドアが閉まると、すぐにロックがかかった。

「なんなんですか、これは？」

「すまねえな。これから行く場所は、社内でも極秘なんだ。もちろん、おまえにも教えるわけにはいかない」

「教えられないって……。明日から、どうやって通えばいいんですか？」

「通わなくていい。しばらく、泊まり込みだ」

「えっ。それは困ります……」

「おまえの母親の介護は手配してやる。しばらく、家には戻れない」

「いや、聞いてないです……」

「言ってねえからな。どうする？　ここでやめるなら、それでもいい。この車が動きだせば、もう戻れないぞ」

池田は静かに言った。

白瀬は目を引きつらせ、ごくりと生唾を飲み込んだ。

通常の田中であれば、この時点で断わるだろう。

しかし、田中は今、金が欲しい。これまで迷惑をかけてきた母親への恩を必死に返そうとしている。

本来、気の弱い人間は、何かあればすぐに怯えて、現状維持を望み、行動しない。

が、一度タガが外れると、信じられないような大胆な行動に出ることがある。それは特に、自分を変えたいと心から思った時だ。

田中なら、ここで変えたいと思うだろう。

「……行きます」

「いいんだな？」

池田が見つめる。

白瀬は強く首肯した。

「わかった。おふくろさんは任せておけ」

そう言うと、池田が目隠しを出した。

「これを目にかぶせてくれ。行き先は秘密だからな。スマートフォンの電源も切ってくれ」

そう話し、池田は後部座席のサンシェードを上げた。普通のサンシェードではなく、黒いカーテンのようなもので、中からも外が見えない。

白瀬はバッグからスマホを取り出した。池田が見ている前で、電源を切る。そして、目隠しをした。池田が正しく装着されているか確かめる。

池田の手が離れると、車が動き出した。

白瀬は緊張しているふりをして、両手を握りしめ、二度三度と揉むふりをした。

その実、白瀬は手のひらに指で状況を記していた。

体感では、時速四十キロから七十キロで走っている。時折、信号と思われるところで止まる。それが何秒、もしくは何分走ったところにあったか。

左に曲がったか、右に曲がったか。車外から別の車の走行音は聞こえてくるか。手掛かりとなる街の音はないか。

匂いは——。

五感を研ぎ澄まし、道のりを脳裏に刻み込んでいく。

車は三十分ほど走った。

やがて、ロータリーらしき場所を回り込み、停まった。

「まだ、目隠しを取るんじゃねえぞ」

池田が言うと、スライドドアが開いた。池田の気配は隣にある。運転席のドアが開いた気配もない。

外にいた誰かがドアを開けたようだ。空気が車内に入り込んだ。かすかに塩素臭を含んだ緑の濃い匂いが漂ってくる。

風が枝葉を揺らす音が聞こえる。山の中にある研究所か工場かといったところか。

何者かが白瀬の手を握った。柔らかく細い指だ。化粧品の匂いも鼻先に感じる。女性のようだった。

「足元に気を付けてください」

女性が言い、白瀬を車から降ろす。そのあとに続いて、池田が降りてきたようだった。

二つの足音が玄関らしき場所に向かう。車が走り去っていく。

自動ドアが開き、エントランスと思われる広間に入った。ドアが閉まった途端、しんとなった。

足音が響く。白瀬と池田、女性の足音しか聞こえない。周りに人の気配はない。足音の反響具合から判断すると、天井が高くガランとしたエントランスのようだった。

手を引かれるまま歩いていく。反響具合が変わり、立ち止まった。モーターの音が聞こえる。

エレベーターのようだった。到着を知らせるベルが鳴り、ドアが開く。

まだ、目隠しはされたままだ。

エレベーターに三人で乗り込む。箱は下に動きだした。十五秒ほどで止まる。

地下二階といったところか。そのまま連れられ、廊下を歩く。立ち止まり、ドアが開けられた。

中へ連れていかれる。

「ゆっくり腰を下ろしてください」

女性に言われ、そろそろと膝を曲げる。尻がふんわりとしたところに着いた。そのまま座る。

女性が出て行き、ドアが閉まる。

「外していいぞ」

池田の声がし、目隠しを取る。眩しさに目を細めた。

部屋を見回す。座っていたのはベッドだった。部屋の端には小さな机があり、洗面台、トイレもある。

ドアにも壁にも窓がない。

「ここは……」

きょろきょろ見回す。池田は机の前にある椅子に座っていた。

「おまえの部屋だ。ここで三カ月から半年、過ごしてもらう」

「仕事は？」

「係の者が呼びに来る。ドアが開いたら、職場までは目隠しで移動し、作業を終えたら、また目隠しされてこの部屋へ戻る。食事は、昼は作業場、朝と夜は係がここへ食事を運んでくる。下着や着るものも届けてくれる。読みたい本があれば、係の者に言うといい。差し入れしてくれる。給料からの天引きはなしだ。スマホは持っていてもいいが、圏外なので使えない」

「刑務所みたいですね」

苦笑いする。

「すまないな。ここには秘匿情報が多いんで、セキュリティーが厳重なんだ。きついというのは、このことだ。仕事自体は第三工場の作業と変わりない」

「そういうことですか。それなら、大丈夫です。僕は長い間、自分の部屋に引きこもっていましたから」

「褒められた話じゃねえがな」

池田が笑う。

「あと、こんな環境だから、精神的、肉体的にも病む者が多くてな。なんで、定期的にうちの産業医が診察に来る。いろいろ検査をされると思うが、従ってくれ」

「わかりました」

「じゃあ、元気でな」

池田は太腿を叩いて、立ち上がった。

「池田さんは、ここへはもう来ないんですか?」

「俺の職場は第三工場だからな。ここへ連れてくる時だけ、紹介者として付き添う。また、三か月後か半年後に出てきたら、第三工場に戻ってくればいい。その時に会おう」

池田は右手を上げると、振り向きもせず出て行った。

ドアが静かに閉まる。

白瀬はベッドに座ったまま、うつむいた。不安げなふうを装う。

完全隔離されている部屋だ。ここは管理者に監視されているとみたほうがいい。

さて、何をさせられるんだか――。

白瀬はスマホを持った。フォトアプリを開き、母親の写真を表示して、寝転ぶ。

監視カメラがあれば、田中は母の写真を見ているとしか思わないだろう。

仰向けになった白瀬は、メモアプリを表示し、忘れないうちに、ここまでの道順を記録した。

第七章　公安〇課、突破す！

1

陽がとっぷり暮れた。

あたりは真っ暗になり、自分の足元も見えなくなった。

青木は両膝を抱え、うずくまっていた。

動けなかった。動く気力がない。スマホを握る手も指先も冷たくなってきている。横になれば、そのまま寝てしまいそうだ。

山本はなかなか現れない。一縷《いちる》の望みを抱いたものの、やはり、唐突に堀切の知り合いだから助けてくれと言っても、普通、何の面識もない者をわざわざ助けるような殊勝な人間はいない。

人間という生き物は、ほとんどの者が、いざとなれば自分の利益のために動く。

青木自身、未来ある若者たちのため、国のためと信じて、護国の戦士の活動をしてきたが、その実、自己承認欲求を満たすために活動に参加していただけだ。

だから、先鋭化していく仲間たちの活動を止められなかった。止めないどころか、自分から非道に踏み込んだ。

そんなものだ。人間なんて。

山本は来ない。どのような人物か知らないが、彼も人間なら、得体のしれない電話の主を助けようとは思わない。

期待しただけ、バカだった……。

夜露で冷えていく頭で思考すればするほど、そういう結論に行き着いてしまう。

疲れ切った青木の上体がぐらついた。これまで何度か立て直したが、もう起きているのもだるくなった。

ゆっくりと上体が倒れた。雑草の上に横たわる。もはや、起き上がる気力はない。

耳の穴に土がめり込み湿る。頰に雑草の茎が刺さるが、たいして痛みも感じない。

瞼が重くなってきた。

「……くん」

声が聞こえた。

青木は閉じかけていた目を少し開いた。

「青木……くん」

名前を呼ばれている。現実か、幻か。まどろんでいて、区別がつかない。

「青木君」

今度ははっきりと声が耳に飛び込んできた。

青木は目を開いた。右腕を突っ張って、上体を起こした。

「青木君、どこですか？　山本です」

歳のいった男性の声だ。

本当に来てくれたのか……。

驚きつつも、青木は茂みの陰から路上を見やった。

白髪交じりの頭のスーツを着た男性が、スマホを片手にうろうろしていた。

堀切が言っていたように、スマホの明かりが照らし出す男性は、品のよさそうな紳士だった。

青木は周りを見回した。護国の戦士の仲間がうろついているかもしれない。

と、山本は青木の思いを察したかのように小声で言った。

「今、ここには私しかいません。大丈夫ですよ。近くにいるなら出てきてください」

優しい口調で話しかけてくる。

青木は迷った。が、このままじっとしていれば、死を待つのみ。

「……山本さん」

声をかけた。

山本が止まって、青木のほうを見た。

「山本さん、ここです」

青木は言い、スマホのディスプレイに明かりを灯した。

茂みの奥がぼやっと光る。その明かりが青木の顔を映し出す。

山本は青木を視認した。

「青木君ですね。山本です」

山本も律儀に、自分の顔をスマホの明かりで照らした。その律義さが、青木を安堵させる。

「本当に来てくれたんですね」

青木の声が涙ぐむ。

「当たり前です。よく待っていてくれましたね。もう大丈夫です。手前に車を停めているので、ここまで持ってきます。待っていてください」

山本は言うと、暗い道を走っていった。

よかった……。

ホッとすると、体じゅうから力が抜けた。

とりあえず、もうすぐここから離れられる。先はわからないものの、少しの間は安心できる場所を得られる。

黒いミニバンがライトも点けず、静かに青木のいる茂みの前に来て、停まった。

運転席から山本が降りてきた。スライドドアを開ける。

「青木君、今です。乗ってください」

山本が言った。

青木は立ち上がって茂みから駆け出し、二列目シートに飛び込んだ。

そのままシートに倒れこんだ……つもりだったが、うつぶせになった顔は誰かの太腿に乗っていた。

青木は顔を曲げて、見上げた。男だった。眉間に皺を立て、青木を睨んでいる。

青木の顔がこわばった。車外へ逃げようとした。が、男は青木の胸元に腕を巻き、引きずり込んだ。

青木の足が入ると、スライドドアが閉まった。

青木が叫ぼうとすると、男はタオルを持って、青木の口元を押さえた。

運転席から降りてきた山本は、助手席に乗り込んだ。いつの間にか、別の男が運転席に座っている。

「出せ」

山本が言う。先ほどまでの声色とは違い、太くて鋭い。

青木はもがき、呻いた。しかし、抵抗むなしく、車は動き出した。

山本がシート越しに後ろを見て、話しかけてきた。

「青木君、私たちは護国の戦士の関係者ではないから安心してくれ」

山本が人差し指を上げる。

男が青木の口からタオルを外した。

「じゃあ、何者だ！」

青木が怒鳴った。

「警視庁公安部の者だ」

山本が言う。

青木の息が詰まった。

「公安だと？　誰がチクったんだ……。やっぱり、三峰か」

青木が山本を睨む。

「公安がいるという見立ては悪くなかったがな。おまえに人間を見る目はなかったようだ。高津程度の男についていくような輩だから、さもありなんだがな」

「誰だと聞いてるんだ！」

青木は怒鳴った。しかし、山本も他の男たちもぴくりともしない。

「もう隠すこともないので教えてやろう。うちの犬は、堀切だ」

山本は口辺に笑みを滲ませた。

「あのオッサン……」

青木はぎりりと奥歯を噛んだ。

「堀切に感謝しろ。素直に知っていることをすべて話せば、おまえの罪は問わないし、保護もしてやる。逆らえば、おまえをシャバに戻す。当然、すべてを吐いたと護国の戦士に伝えてな。どっちがいいか、本庁へ着くまでに決めろ」

山本は言い、前を向いた。

青木は隙を窺った。

「あー、言っておくが、逃げようなどと思わないほうがいい。おまえたちの組織に裏で動く者がいるように、私たちの組織内にも秘密裏に動いている者がいる。そいつらが動いたら、おまえの人生は終わる」

山本が淡々と言う。

青木は蒼ざめ、静かになった。

2

白瀬は、新しい工場で仕事を始めていた。

池田の言うとおり、仕事内容は、扱う薬剤が少し増えた程度で、第三工場のものとほとんど変わりがなかった。

ただ、雰囲気は重く、暗い。

工場へは、池田に聞いたとおり、制服を着た係の男性から目隠しをされ、連れていかれた。帰りも同様だ。

朝食の食器は部屋に置いたままだが、いつも戻った時には片づけられ、夕食が置かれている。

つまり、仕事に出ている間、何者かが常に出入りしているということだ。プライバシーはなきに等しい。

工場内には白瀬も含め、七人の工員が作業をしていた。

私語は禁止されている。名前を聞くことも許されていない。工場長からは番号で呼ばれていた。

白瀬のナンバーは００６７。単純な番号振りだとすれば、白瀬はここへ送り込まれた六十七人目の人間だと推察できる。

しかし、工場内には七人しかいないということは、残りの六十人はリタイヤしたか、あるいは、死亡したか――。

荒井という男の友の話が頭をよぎる。

もし、荒井の友が殺されたのだとすれば、何か重大な秘密を知り、ここから逃げ出そうとしたのだろう。

白瀬は作業をしながら、秘密事項の痕跡を探していたが、特筆するような情報は得られなかった。

ほぼ拘禁状態にあるので、精神に異常をきたし、自ら死を選んだ可能性も見えてきた。

働いている七人は全員男性だった。若い者から壮年に見える者までいて、背格好も様々だ。みな、黙々と働いているが、中には顔色が悪く、ふらついている者もいた。

また、半袖で仕事をしている若い男性の腕は灼けたように真っ赤になっていて、近くで見ると、小さな水ぶくれがあったり、皮膚がひび割れていたりしていた。

目をしょぼしょぼさせている者や、やたら咳き込んでいる者もいる。

白瀬も働き出して三日で、少し喉にひりつくような痛みを感じることがあり、咳が出るようになっていた。

産業医の診察は、二日に一度、終業後に行なわれていた。

白瀬も診てもらったが、医師は軽い咽頭炎《いんとうえん》だろうと言った。

だが、なぜか血液を採取された。

咽頭炎で血液を採取されることはない。

なぜ、採血するのかを訊いた。

医師は、閉鎖空間でのストレス値を測るためだと答えた。

工場に工員を缶詰にして、二十四時間フル稼働で働かせるつもりなのか、とも思ったが、そのような時代に逆行するような隷属労働を強いるとは思えない。

現場の工員はそうした状況だが、工場長だけは変わった様子がない。しかし、よく見てみると、工場長だけがフードのついた眼鏡をかけ、医療用の完全ガードされたマスクと手袋を装着していた。

訊いてみると、工場長は薬剤アレルギーを持っているため、そういう装備をしていると自身で語ったが、なんとなく疑わしい。

目的がわからないまま、四日目の勤務が始まった。

その日も朝食を終えると、待っていたかのように係の男性職員が部屋を訪れ、目隠しをして白瀬を工場へ連れて行った。

工場へは廊下を進むだけだ。同じフロアにあるようだった。

距離にして百五十メートルくらいか。静かな自動ドアを二枚抜けると、工場に入る。フロアに入ったところで目隠しを外される。今日も顔なじみのメンバーだった。

すぐ工場長が白瀬の番号を呼んだ。白瀬が駆け寄ると、タブレットを渡された。

それを持って、フォークリフトに乗り込む。運転席にあるホルダーにタブレットを置き、起動して、白瀬のナンバーを入れると、その日の作業が自動的に指示される。

白瀬は指示に従い、指定された番号の青いプラスチックの箱をフォークリフトの爪ですくい、指定のベルトコンベアに運んでいく。それを終業まで黙々と繰り返す。

白瀬のようにフォークリフトを扱う者もいれば、スマホを手にして小さいケースを手運びしている工員もいる。

ロボットのような単調な作業だが、スピードは速くなく、指示がないときは休んでいてもかまわないので、きつい作業ではない。

白瀬はタブレットに送られる指示のまま作業をしていた。

すると、突然、箱がフロアに叩きつけられる音が反響した。

見ると、手運びしていた若者が倒れていた。

白瀬はフォークリフトを停めた。若者に駆け寄り、脇に屈む。

「大丈夫ですか！」

背中を抱き上げ、仰向けにする。

若者は白い顔になっていた。唇も青紫に変わっていて、肩を激しく上下させ、浅い呼吸を繰り返している。

チアノーゼか。

詳しく見てみると、耳たぶや鼻の頭、指の先まで青紫色に変色している。

チアノーゼとは、血液中の酸素が不足することで表れる身体症状だ。

若者は息が入っていかないようだ。

「ゆっくり呼吸して。はい、いーち、にー」

白瀬がカウントする。

若者は白瀬のカウントに合わせて、努めてゆっくり呼吸しようとするが、すぐ苦しくなるようで、浅い呼吸に戻る。

若者の手の甲は、皮膚がただれたように赤くなり、切れていた。

「もう一度、いーち」

カウントを始めた時、工場長が駆け寄ってきた。

「0067は作業に戻って」

「いや、でも――」

「ここは、私が引き受ける。君は作業を続けて」

工場長が言う。上から見下ろす工場長の目には圧があった。

仕方なく若者をそっとフロアに寝かせ、立ち上がる。フォークリフトに戻ると、工場の入り口の自動ドアが開き、白衣を着た看護師らしき男性二人がキャスター付きのストレッチャーを運び入れ、若者に駆け寄った。

ストレッチャー下部には、小さな酸素ボンベも取り付けられていた。

看護師二人は若者を抱え上げ、ベッドに仰向けに寝かせた、一人がすぐに酸素マスクを被せる。

そして、足早に若者を運び出していった。

「またか……」

手運びをしていた中年男性のつぶやきが聞こえた。

また、ということは、前にも同じような状況があったということだろう。思わずつぶやいてしまうほどだから、それも一度や二度ではなさそうだ。

詳細を聞きたいが、話しかけることはできない。

フォークリフトを運転しながら、これまでに見聞きしたことを脳内で反芻してみた。

工員たちの体調、工場長の装備、医師の診察、荒井の友の話、第三工場でのもろもろ、小魚の死骸、時折出る自分の咳――。

「まさか……」

白瀬が目を見開いた。

鼻翼をひくひくと動かし、臭いを嗅ぐ。かすかにプール臭がするものの、そう濃くはない。

だが、第三工場では、次亜塩素酸ナトリウムの無臭化に取り組んでいた。

無臭化された次亜塩素酸ナトリウムがフロアに充満しているとすれば……。

白瀬は思わず、息を止めた。

高濃度の次亜塩素酸ナトリウムに被爆すれば、化学熱傷を起こし、皮膚がただれる。吸引すると気道が焼け、呼吸困難になる。塩素ガスが発生していれば、塩素中毒で呼吸困難を起こし、死亡に至る。

ここで人体実験をしているのか！

そう考えると、医師の診察も腑に落ちる。血液採取をしていたのは、血中の次亜塩素酸ナトリウムや酸素濃度を測るためだろう。聴診器では呼吸器の異常を調べていたようだ。

おそらく、無臭化された次亜塩素酸ナトリウムをどこまで浴びさせれば、人が死に至るのか。個体差はどうか。といったデータを集めていると思われる。

それは、無臭化された次亜塩素酸ナトリウムの安全性を調べる臨床検査なのか、それとも殺人兵器を作っているのか——。

いずれにしても、このような施設を放置しておくわけにはいかない。

死に至らないまでも、循環器障害を起こしたり、目に入れば最悪失明したりすることもありうる。

白瀬は作業をしながら工場内を見回し、自分だけでなく、働かされている工員すべてをここから脱出させる策を思案し始めた。

3

藪野は横山と打ち合わせた通り、今村たちの監視をすることになった。

今村たちが運ばれた山小屋は、監禁された場所から三百メートルほど西へ進んだ場所にあった。

スマホのフラッシュで、蛍光塗料で記された矢印を確認しながら移動する手段を見つけたが、横山から渡されたタブレットではもっとスムーズに移動ができた。

タブレットをかざしてモニターに風景を表示すると、勝手に矢印と行先を記したテキストが浮かび上がる。道中の木々にタグを仕込んでいるようだった。

タブレットを持つ幹部にとって、スマホでの矢印確認は補足手段なのだろう。

迷ったときには敷地全体図を表示すれば、自分の位置が赤い丸の点滅でわかるようになっていた。

このタブレットを公安部に渡せれば、一斉に踏み込むための武器になる。

しかしまだ、護国の戦士内部の調査は終わっていない。

もう少しの間、藪野は堀切を演じるしかなかった。

藪野が小屋に顔を見せると、三峰が駆け寄ってきた。

「お疲れさんです」

三峰は笑顔を向ける。

青木に暴行された仲間と思っているのか、あの一件以来、三峰は藪野に親しげな顔を向けるようになっていた。

「お疲れさん。変わりないか?」

「はい。飯島はおとなしく寝ています。先ほど、医者に診てもらったんですが、体調にはほぼ問題がなく、傷が治れば完治だそうです」

「そうか。それはよかった。おまえ、まだメシ食ってないだろう？　俺が変わるから、他の連中も連れてメシ食ってこい」

「僕はまだ――」

「いいって。休めるときに休んどかねえと、体がもたねえぞ。俺はおっさんだけど、体力はあるから心配するな。飯島ごとき、ねじ伏せる」

　藪野は笑って余裕を見せる。

　頭に巻いた包帯が、その余裕に箔をつけていた。

「わかりました。では、お願いします」

　三峰は小屋を出ると、他の仲間に声をかけ、山を下りていった。

　三峰たちを見送り、ドアを閉める。

　今村が寝かされているベッドに近づいた。

「どうだ、気分は？」

「いいわけがないだろう」

　今村は藪野を睨み、答えた。

「傷はどうだ？」

藪野は掛布団を腹のあたりまでめくった。

「おー、ずいぶんよくなってるな。おまえ、今のうちにすべて吐いちまえよ。でねえと、せっかく治った体がまた傷つくことになるぞ」

掛布団を被せる。

その際、上着の内ポケットからＳＤカードを取り出した。布団の内側に隠し、今村の手元に落とす。

今村が咳をする。そこで、藪野は小声でささやいた。

「瀧川に渡して、部長に届けさせろ」

今村は口を覆うふりをしながら、首肯した。

小屋には盗聴器しか仕掛けられていないと横山は話していた。管理事務所に届くデータも音声のみで、監視モニターはない。

しかし、万が一ということも考慮し、藪野や今村は慎重にやり取りをしていた。

「まあいい。もう少し寝てろ。おまえに死なれても困るんでな。俺はドアの外にいるから、しゃべりたくなったらいつでも声をかけろ」

「話すわけないだろう」

「そう決めつけるな。我が身がかわいくなれば、心変わりもするものだ」

藪野はそう言い、小屋を出た。

今村は寝返りを打ちながら、藪野から預けられたSDカードを尻の割れ目に挟んで隠した。

4

いったん小屋に戻った瀧川は、横山に調査済みリストを渡した。

これまで渡した調査資料がすべて本物だったせいか、高津は瀧川がキャンプ場に戻ってきても顔を出すことはなくなり、報告書を横山に渡すだけでよくなっていた。

横山もすっかりルーティンとなっているようで、瀧川や今村に厳しい目を向けることはなくなっていた。

おかげで、藪野が今村に預けたSDカードはあっさりと持ち出せた。

瀧川はSDカードを持って、公安部へ戻った。

電波が途切れる応接室に入り、ノートパソコンでデータを吸い出した。

中には音声データや七名のメンバーの資料が入っていた。

藪野の公安部への指示と思われる音声データも入っている。鹿倉と日埜原がいるところで再生してみた。

——メンバーのリストは護国の戦士に潜入した公安部員と疑われている者だ。本物がいるとは思わねえが、もしいれば、そいつは外して、別の二名が今村と秘密の話をしている音声データを作ってくれ。

「どういうことですかね？」

日埜原がつぶやく。

「おそらく、内部をかき回そうとしているのだろう」

鹿倉はテーブルに組んだ両手を置き、メッセージに耳を傾けた。

——敷地の全体図と移動方法は入手したが、持ち出せない。踏み込む日時が決まったら、どうするか決める。

藪野が話す。

鹿倉が右手を上げた。日埜原は再生を一時停止した。

「日埜原君。青木からの聴取はどうなっている？」

「ぽつぽつですが、内情を話し始めています。青木ら、護国の戦士の創設メンバーのほとんどは、高津とともに日本の山林や水源地を守るという信念で活動しているそうですな。そこは間違いないようですが、水源のある山を手に入れるため、ずいぶん乱暴な手も使っていたようです」

「暴行ですか？」

瀧川が訊く。

日埜原は瀧川を見て言った。

「あるいは、それ以上の行為に及んでしまっているようだ。青木の口からはまだ、そこは語られていないがね」

日埜原の言葉に、瀧川の表情が険しくなる。

「青木から殺害行為の証言を得るか、死体を遺棄した場所を聞き出せれば、今すぐにでも踏み込めますが」

「気になることでも？」

鹿倉が日埜原を見つめた。

「青木は時々、〝浄化〟という言葉を口にしていました。何を浄化するのかと訊くと、日本を荒らすすべての者と答えましたが、ターゲットがはっきりしません。それと、瀧川が見つけた小魚の死骸、白瀬が潜入している工場での薬剤作製。どうも気になります」

「つまり、それらがはっきりしない限り、連中は真の目的を隠して逃げ切る可能性があるということだな？」

「私はそう睨んでいますが」

「白瀬からの報告が欲しいな。何か、連絡は？」

鹿倉が訊く。

「いえ、まだ」

日埜原は顔を横に振った。

「白瀬さん、大丈夫でしょうか」

瀧川が言う。

「彼も生え抜きだ。問題はないだろうが」

日埜原が答えた。

鹿倉が手を解いて、背筋を伸ばした。

「ともかく、藪野の言う通り、今度瀧川が戻るまでに音声データを作って、渡してみよう。日埜原君、音声データの作成と青木からの聴取を急いでくれ」

「わかりました」

日埜原はノートパソコンを畳み、それを持って部屋を出た。

「瀧川君。今村の体調はどうだ？」

「ずいぶん良くなっています」

「動ける状態か？」

「全開とまではいきませんが、キャンプ場から脱出する程度なら大丈夫かと」

瀧川が答えた。

「データを藪野に渡せば、キャンプ場で何か動きがあるはずだ。これ以上は悠長に引き延ばせない。混乱に乗じて、幹部連中を拘束して、殺害及び死体遺棄の証言を引き出せ。その時点で一気に踏み込む。今村と藪野に通達しろ」

「わかりました。ちなみになんですが、キャンプ場には他の作業班員も潜り込んでいるんですか？　であれば、共闘したいと思っていますが」

瀧川は鹿倉を正視した。鹿倉がまっすぐ見返してくる。

「今潜っているのは、おまえたちだけだ。三人で作戦を遂行しろ」

鹿倉が言う。

その言葉を額面通りには受け入れられないが、援護は出さないという意味でもある。

「わかりました」

瀧川は覚悟を決めて、首肯した。

5

白瀬は翌朝も同じように着替えて朝食を食べ、迎えを待った。

時間通りに係の男性がドアを開けた。

「おはようございます。体調はいかがですか？」

男性が訊いてきた。

これはいつもの問いかけだ。これまではただの挨拶と思っていたが、今はこれも問診の一つだとみている。

「ちょっと咳は出ますけど」

「仕事はできそうですか？」

「そこは問題ありません」

白瀬が返す。

男性はうなずき、いつものように目隠しをして、白瀬を連れだした。

手を引いて、前を歩く。白瀬は少しふらつくふりをして、歩いた。そして、廊下の真ん中あたりまで来て転んだ。

その時、目隠しをずらした。

「大丈夫ですか？」

男性が脇にしゃがむ。

「すみません、足がもつれてしまって」

顔を上げると同時に廊下の前後を見やる。

幅の広い廊下はまっすぐ続いていた。左右にドアがある。おそらく、他の工員の部屋だろう。前方には工場へ入る自動ドアが、後方にはこのフロアへ降りるためのエレベーターの扉が見えた。

つまり、工場からエレベーターまでは一本道ということだ。目に飛び込んできた風景を脳裏に焼き付ける。

係の男性が、白瀬の目隠しがずれていることに気づいた。あわてて、目隠しをかけなおす。

「何か見ましたか？」

男性が訊く。

「廊下は見えましたけど……」

「他には？」

「工場の入り口だと思いますけど、自動ドアが」

「それだけですか？」

「はい……」

白瀬は戸惑った様子を見せる。男性は白瀬の手を取って立たせた。

「では、行きましょうか。もし、きついようでしたら、工場長に申し出て、早退してください。時間給ではないので、早退しても減給にはなりませんから」

「ありがとうございます。そうします」

白瀬は礼を言い、工場へ入った。

工場長の前まで行き、目隠しを取られる。係の男性は、工場長に白瀬の不調を報せ、工場を出た。

「0067、大丈夫か？」

工場長が訊ねる。

「はい、仕事はできます」

白瀬が答えると、いつものようにタブレットを渡した。

タブレットを取って、フォークリフトに乗り込む。指示に従って、薬剤の入った青い箱を運びながら、脳裏に焼き付けた廊下の風景を再現する。

速読の暗記方法と同じだ。見たものをそのまま写真のように記憶し、あとでそれを記憶から引き出す。

作業班員は、今の白瀬のように、記録装置をまったく持てない場所に潜入することもある。そういう時のために、写真記憶の訓練を受けている。

完璧な再現はできないものの、正確に何かを記憶するには役立つ手法だ。

白瀬は脳裏に焼き付けた画像を引っ張り出した。

天井と廊下上部の壁の境目に黒い点が並んでいた。おそらく、監視カメラだろう。

部屋のドアらしきものは左右に十箇所。合計二十部屋あったと思われる。

ただ、係の男性が何が見えたかをしつこく訊いてきたのは、いくつかの部屋は、工員用ではないのかもしれない。そこまでの違いは判別できなかった。

後方エレベーターの脇には、四角いセンサーのようなものがあった。ＩＤカードリーダーだと思われた。

ここから脱出するには、エレベーター操作に必要なＩＤカードがいるということだ。

ちらりと工場長を見やる。首からＩＤカードをぶら下げている。あれが有効ならば、エレベーターを動かせる。

先日、若い男性が倒れた時、看護師たちが入ってくるまでの時間は約五分だった。異常を感知して、誰かが入ってくるまで、約五分。緊急事態であれば、三分といったところか。

その短時間に工場まで入ってくるには、同じフロアで待機していなければ難しい。やはり、廊下に並ぶ部屋のいずれかは、工員用ではないと見た方がよさそうだ。脱出までの時間は、約三分。その間にエレベーターにたどり着き、上階に上がらなければならない。

しかし、エレベーターに乗り込んだところで、電源を落とされれば、箱に閉じ込められることになる。

暴れて呼び込むしかないか。

白瀬はふらふらとフォークリフトを運転した。そして、手運びしている中年男性の脇に行き、停めて、運転席から崩れるように落ちた。

「大丈夫かい！」

中年男は青い箱を置き、屈んで白瀬の背中を抱き上げた。

工場長の視線がフォークリフトに遮られる。

白瀬は中年男の後ろ首に手を回し、死角に引き寄せた。

「僕は公安だ！　ここは危険な工場だから逃げ出す。今から僕が暴れるから、全員でエレベーターに走れ。表に出たら、すぐ一一〇番して、ゼロシラセ５５４、と何度か叫び、電話をつないだまま草むらに捨てて逃げろ」

「どういうことだ？」

「どうもこうもない！　ここにいれば、死ぬだけだ！」

白瀬が男の黒目を見据える。男の顔が引きつった。

「ゼロシラセ５５４。言ってみろ」

「ゼロシラセ５５４」

男が復唱する。

ゼロは公安部のこと、シラセはそのまま白瀬、５５４は緊急通報で警察官を要請する通話コードだ。これで通じる。あとは、スマホの電波を追ってきてくれれば、ここへたどり着く。

「そうだ。それを三度叫んで、スマホは草むらに捨ててみんなで逃げるんだ」

話していると、工場長がフォークリフトを回りこんできた。

「どうした、００６７！」

白瀬は男を見て、小さくうなずいた。

工場長が脇にしゃがむ。瞬間、白瀬は上体を起こした。後ろ髪をつかんで、フォークリフトのボディーに顔面を叩きつける。

二度、三度と打ちつけるたびに、工場長の鼻と口から血が噴き出し、マスクを赤く染める。工場長の上半身から力が抜ける。

白瀬はその顔面をフロアに叩きつけた。工場長が短い悲鳴を上げ、ぐったりとフロアに伏せた。

白瀬は工場長の体をまさぐった。IDカードを引きちぎり、ポケットに差していたスマートフォンを奪う。画面を見る。工場内に電波は届いていない。

「このIDカードでエレベーターを動かせる。連絡はこのスマホを使え」

「どうやって、ここから出るんだ？」

「こいつで突破する」

白瀬はフォークリフトを叩いた。そして、フォークリフトの陰から声を上げる。

「みんな、僕は公安だ。これからここを脱出する！　死にたくないヤツは何も考えず走れ！」

白瀬の声がフロアに反響する。

白瀬はフォークリフトに飛び乗った。

「行くぞ！」

中年男に声をかけ、バックしながら反転した。フォークリフトの爪を自動ドアの中央あたりまで上げ、フルスロットルで加速する。

フォークリフトがぐんぐんと自動ドアに迫る。

白瀬は激突直前に、フォークリフトから飛び降りた。受け身を取り、フロアを二回、三回と転がる。

無人のフォークリフトの爪がドアに突き刺さった。ドアが真ん中から歪み、みしっと音を立てた。

フォークリフトはそのままドアを押した。ドアがさらに曲がり、枠から外れると同時に廊下側へ吹き飛んだ。

もう一枚のドアも爪が突き破り、フォークリフトが前進する。けたたましい音がフロアに響いた。

「走れ！」

白瀬の声に工員たちが反応した。一斉に廊下へと向かう。

フォークリフトが廊下の壁に当たり傾いた。

工員たちはその脇を抜け、またはフォークリフトを乗り越えて、奥のエレベーターに迫った。

少し遅れて、白瀬もフロアを出た。工員たちの背中を見ながら、後を追おうとする。

と、右手のドアが開いた。

白い作業服を着た男たちが五人出てきた。全員眼鏡にマスクをしているが、その奥から殺気が漂ってくる。

男二人が工員たちを追おうとした。

白瀬は走って地を蹴り、一人の男の背中に飛び蹴りを浴びせた。

男が前のめりになってよろめき、自分の前の男にぶつかって、二人同時に倒れる。

白瀬はそのまま走って、フォークリフトの手前で振り返った。

「待った待った。おまえらをここから先には行かせないよ」

男たちを睥睨し、両腕を軽く上げ、半身を切った。

6

瀧川はキャンプ場に着くとすぐ、管理事務所に顔を出した。

幹部が数人詰めているが、横山の姿はない。代わりに藪野が管理事務所にいた。

「公安の高木だ。横山は？」

訊く。

横山を呼び捨てにされ、若い幹部たちは瀧川を睨みつけた。今にも襲いかかりそうな勢いだ。

藪野が若い幹部と瀧川の間に割って入った。

「横山に何の用だ?」

「ファイルを持ってきた」

「預かっておこう」

藪野が手を伸ばす。

瀧川はバッグからファイルを出し、藪野に渡した。藪野はファイルをぱらぱらとめくった。

「いつものやつか。しかし、おまえら、本当によく調べてやがるな」

藪野は笑みを覗かせ、振り向いて、若い幹部の一人にファイルを渡した。

「横山が帰ってきたら、高津さんに届けるよう言ってくれ」

藪野は瀧川に向き直ると、いきなり肩口を平手で突いた。

瀧川はよろけて後退した。

「何をする」

藪野を睨む。

「小屋に戻るんだろ? ちょうど交代時間だ。連れて行ってやる」

藪野は瀧川の腕をつかんだ。瀧川は腕を振り、手を払って藪野を睨みつけた。

先に管理事務所を出る。

藪野は振り返って若い幹部たちに苦笑を見せた。

「めんどくせえヤツだな。ちょっと行ってくるわ」

右手を上げ、瀧川に小走りに駆け寄る。

「勝手に行くんじゃねえ！」

瀧川を怒鳴りつけ、前を歩く。そのまま森の中へ入っていった。

藪野はタブレットを起動し、森にカメラを向けた。矢印と場所を記したテキストが浮かび上がる。

「こいつがこの山の移動ツールだ」

藪野は前を向いたまま言った。

「こいつがあれば、護国の戦士が管理するこの敷地内すべての場所を網羅できる」

「このタブレットは何台あるんですか？」

「俺が調べた限りでは五台。俺以外は創設メンバーの幹部だけしか使えない。他の者は、スマホのフラッシュ、もしくはライトで森を照らし、蛍光ペイントの印を見て動いている。それでも動き回れるが、タブレットの方が全体を把握できる」

「なるほど。そうだ、森の監視カメラはどうなっていますか？」

「小屋のあるところ付近には設置しているが、そう多くはない」

「このあたりは？」

「カメラはない」

藪野が言い切る。

瀧川はバッグからSDカードを出した。それを藪野のジャケットの横ポケットに入れる。

「日埜原さんが作った音声データです。護国の戦士幹部に作業班員はいないそうです。適当に選んで、公安の犬に仕立てる音声データを作成したと言っていました」

「そうか。これで、引っ掻き回せる」

藪野は横ポケットをポンと叩いた。

「それと、部長からの指示です。幹部連中を拘束して、殺害及び死体遺棄の証言を引き出せ。それが判明次第、踏み込むと」

「いよいよか。手間かけさせやがって」

藪野は舌打ちした。

「わかった。今晩、仕掛ける。今村は動けるか？」

「はい。逃げる程度なら」

「上等だ。援護は？」

「僕たち三人で遂行しろと」

瀧川が顔を曇らせる。

が、藪野は片笑みを覗かせた。

「まあ、そんなところだろうよ。かまわねえ。さっさと済ませよう」

「どうします？」

「おまえのスマホの番号は？」

藪野に訊かれ、瀧川は口頭で答えた。藪野がうなずく。

「二十時以降、電話を鳴らす。コールは三回。見張りには幹部をつけておくので、そいつを捕まえて吐かせろ。で、部長に連絡を入れて、ここを押さえさせろ。状況が変わった時は鳴らしっぱなしにするので、電話に出てくれ」

「藪さんは？」

「俺は管理事務所でおまえたちを待つ。合流したらすぐ、ここを出るぞ」

「わかりました」

瀧川は強く首肯した。

7

白瀬は工場内に戻り、男たちと対峙していた。肩で息を継いでいる。足元には三人の男が倒れている。しかしまだ、二人の男は立ち、身構えていた。

白瀬の作業着は袖が破れ、胸元が切れていた。皮膚から流れる血と敵の返り血で、薄いグリーンの作業着のところどころに赤黒い染みができている。

時々、咳が出る。それと共に血の塊が床に落ち、飛び散った。

男たちの多くは素手だったが、なかなかの手練れだった。ナイフ使いもいる。

男たちは連携の取れた動きをしていた。かなり訓練されているようだ。だが、連携が取れているだけに、一人倒すと、その連携が崩れ、一人、また一人と倒すことができた。

残った二人のうち、一人はナイフを持っている。もう一人は素手だ。

白瀬は両手を広げて顔の前で逆扇形に構え、手のひらの隙間から二人の男を見据えていた。

じりじりと男たちが左右に開いていく。白瀬は黒目を動かさず、両手のひらの隙間から敵をぼんやりと見やる。

敵の残影がゆらゆらと蠢く。

右手の男の影がふっと視界から消えた。瞬間、気配が濃くなり迫ってきた。

白瀬は右側に顔を向ける。敵がナイフを突き出していた。

白瀬は敵の右外に踏み込んだ。体が前後に入れ替わる。

敵は足を止め、振り返りざま腕を水平に振り、切っ先で白瀬を切りつけようとした。

白瀬は振り返って、男の右腕の手首と肘裏をつかんだ。右足を引いて回転しながら、男の肘に体重を乗せる。

男の膝が沈む。並の者なら、ここで白瀬の重みに負け、うつぶせに崩れ落ちる。

しかし、男は、左足を前に出して同じように回転しながら立ち上がり、白瀬の背後を取ろうとした。

白瀬は男の右腕を持ち上げ、右脇の下に左肩を通した。膝を軽く曲げて伸び上がる。男の両足が浮いた。

そのまま白瀬はお辞儀するように上体を倒した。腕を胸元に引き寄せ、フロアめがけて倒れ込む。

男が顔面からフロアに叩きつけられた。白瀬は頭頂でフロアに当たる衝撃を受け止めた。勢いで前転する。白瀬の体が男を乗り越える。男の手を放して立ち上がる。

男は仰向けに倒れていた。首が九十度近く曲がっている。意識はなかった。

あと一人――。

残った男に向き直った時だった。

廊下の方から複数の足音が聞こえた。壊れた自動ドアの方から男たちがぞろぞろと入ってくる。十人を超えていた。白い作業着を着ているが、最初に対峙した五人とは少々雰囲気が違う。

まとっている殺気が淀みを帯びていて、鋭さも増していた。

本隊というわけか……。

やはりこいつら護国の戦士は相当な武闘派をそろえているな。

白瀬はじりじりと後退した。背後には、薬品入りの箱が積み上げられている。男たちが扇状に広がり、白瀬を取り囲んだ。目視で二十人はいる。

「さすがに、ヤバいな……」

思わず、声が漏れる。

白瀬は大きく息をついて気を落ち着け、改めて状況を確認した。

新たに入ってきた敵もみな、サージカルマスクをして、ゴーグルで目を覆っている。

手にナイフを持っている者はいるが、銃のような飛び道具はない。

敵がじわりじわりと間を詰めてくる。白瀬はさらに後退した。薬品入りの箱に背が触れた。積み上げた箱が揺れる。

と、敵は立ち止まり、少し距離を取った。

なるほど、そういうことか。

白瀬はにやりとした。

初めの五人は徒手空拳やナイフなどの近接戦闘が得意な敵だと思っていた。が、新たに現われた敵の反応を見て、そうでなかったことがわかった。

白瀬は敵を睨みながら、背後の箱に手をかけた。少し押して揺らす。敵はまたじりっと下がった。

これしかないか――。

白瀬は黒目を動かした。右横にフォークリフトがある。薬剤をぶちまければ、自分も無事ではいられないかもしれない。が、何もせず手をこまねいていれば、やられて捕まるだけだ。

白瀬はかすかにうつむき、息を吐いた。そして、顔を上げ、敵を睨みつけると同時にフォークリフトに走った。

ナイフを手にした敵が投げてきた。フォークリフトの運転席に乗り込む。運転席の支柱にナイフが当たり、金切り音を上げた。

白瀬はエンジンスイッチをひねった。車体が震え、エンジンがかかる。

敵が一斉に駆け寄ってきた。

白瀬はレバーを動かし、その場で回転した。爪が先頭の敵の足を払った。敵が宙で半回転し、フロアに叩きつけられる。

爪を上げながら、薬剤の箱に突っ込む。爪が箱に刺さった。瓶か何かを砕いたのか、箱から異臭が噴出した。

「おらおら、薬を浴びちまえ！」

フォークリフトを思いっきり反転させる。

爪に食い込んでいた箱が敵の真ん中に飛んだ。敵はみな、走って下がった。

箱が落ちて壊れ、煙と臭気が漂い始めた。ツンと鼻を衝く刺激臭だ。目もたちまち痛くなる。

白瀬はかまわず、箱の前で爪を振り回した。積み上げていた箱がバランスを崩し、倒壊寸前の塔のように傾いた。

フォークリフトを急速にバックさせる。そこに箱が倒れてくる。

白瀬は運転席から飛び降りた。前転して、立ち上がる。目の前に敵がいた。

敵は思いがけない事態に驚き、突っ立っていた。

白瀬は容赦なく前回し蹴りを叩き込んだ。敵の首筋に脛が食い込んだ。棒立ちになった男がそのまま倒れる。

白瀬は敵の顔からマスクとゴーグルを剝がし、自分に装着した。朦朧としていた敵が薬剤を吸い込み、激しく咳き込む。

薬剤の箱は大きく揺らぎ、やがて、壁全体が崩れるかのごとく、フロアに倒れてきた。

白瀬はドア口へ走った。敵も一斉に退避する。

落ちてきた箱がフロアに叩きつけられて砕け、中の瓶も砕け散り、けたたましい音を立てる。

煙と臭気はさらに強くなり、フロア全体を白く染め始める。臭気にやられた敵がフロアに倒れる。

箱はさらに崩れ、薬剤をまき散らす。フロアの上で薬剤が混ざった瞬間、ポンと爆発音がして、火の手が上がった。

白瀬は振り返らず、エレベーターに走った。

敵もエレベーターの方へ向かう。火はみるみる大きくなり、工場フロアを飲み込んで、廊下を焦がし始めた。熱せられ、蒸発した薬剤が喉や目だけでなく、皮膚も襲う。

敵の一人が、エレベーター脇の壁にＩＤカードをかざした。

壁がスライドし、階段が現われる。非常階段だ。

敵に紛れて、階段を駆け上がる。踊り場で白瀬に気づいた敵が殴りかかってきた。

白瀬は相手の懐に踏み込み、両手で胸ぐらをつかんだ。

「何やってんだ！　死にたいのか！　今は逃げろ、バカ野郎！」

怒鳴りつけ、突き飛ばす。

非常階段のドア付近に、ちらちらと炎の影が揺れた。煙も上がってくる。

敵はそれを見て、階段を駆け上がった。白瀬も続く。

くねくねと階段を駆け上がると、光が見えてきた。先頭の者が地上階のドアを開けたようだ。

白瀬もそこに向けて走ったが、ドアが閉じ始めた。

敵はゴーグルの奥から白瀬を見つめる。

「何考えてんだ！　まだ仲間がいるだろうが！」

白瀬は怒鳴るが、敵は無情な視線を白瀬に向けた。なんとか間に合うよう全力で走ったが、ドアは静かに閉じた。

後から上がってきた敵が、壁となったドアを叩く。しかし、ドアはまったく開かない。

白瀬は壁の手前で座り込んだ。

他の敵も上がってきた。全部で五人。誰もが閉じたドアを見つめ、茫然としていた。

「誰か、これを開ける方法は知らないのか？」

問うが、誰からも返事はない。

「どうすんだ、おまえら。お仲間さんは、おまえらを見殺しにするみたいだぜ。仲間もクソもあったもんじゃねえな。ひでえ話だ」

鼻で笑う。

「おまえが死ねば、僕たちはここを出られる」

白瀬に殴りかかってきた敵が言った。その言葉に他の敵も反応し、身構えようとする。

白瀬は大笑いした。

「出られると思っているのか？　めでたいなあ。おまえらが俺を殺したところで、確実に死なせるには、このドアを開けないほうがいいだろうが。よくあるんだよ。大義を語る組織が駒を見殺しにする例は」

「駒だと！」

敵が白瀬の胸ぐらをつかんで立たせる。

「上にとっちゃ、おまえらなんざ駒でしかない。仲間だ、絆だ、理想郷だとおまえらを焚きつけて洗脳し、命令に従う都合のいい駒に仕立て上げただけだ。下っ端はみじめだねえ。哀れだねえ」

「黙れ！」

敵は白瀬を殴りつけた。

白瀬がすとんと腰を落とす。マスクに血がにじむが、白瀬は平然と敵を見上げ、目に笑みを滲ませた。

白瀬が訊く。

「ここから出る他の方法は？」

「そんなものはない！」

「じゃあ、俺と一緒に野垂れ死にだな」

白瀬は一同を見回す。

敵同士、顔を見合わせた。明らかな動揺が見て取れる。さらに一番後方にいた敵が咳き込み始めた。

「動けるうちに動かないと、薬剤だけでなく、一酸化炭素にもやられる。外に出る方法はないのか！」

語勢を強めた。

と、一人が小声で言った。

「エレベーター内に脱出口がある」

「どこにだ?」

つぶやいた敵を見る。

「天井に。梯子は操作スイッチの下に取り付けられている」

敵が答える。

白瀬は立ち上がった。白瀬を殴りつけた敵の二の腕を叩く。

「行くぞ」

「おまえは連れて行かん!」

「なら、おまえら全員を伸して、俺だけで脱出するが、いいのか? 俺が助からなくても、おまえらを道連れにするぞ。確実に」

ゴーグルの奥から敵を見据える。その眼圧に敵は怯んだ。

「俺は死にたくない。そして、おまえたちも死なせたくない。工場内の者たちを助けるのは難しいだろうから、せめて俺たちだけでも助かろう」

敵はゴーグル越しに白瀬を見つめた。小さくうなずく。

白瀬は階段を駆け下りた。残った敵が白瀬に続いた。

8

陽が落ちた。

藪野は今村たちの見張りをしながら、ノートパソコンに偽装した音声データを取り込んだ。

日埜原は、今村に接触した幹部のうち、鈴岡《すずおか》、江見《えみ》、広沢《ひろさわ》という三人の男性の音声を偽造していた。

三峰を外すあたり、さすが仕事をわかっていると藪野は思った。

その間に、筆談で夜の行動を今村、瀧川と三人で共有した。

交代時間が来て、藪野は管理事務所に戻った。

横山が帰ってきていた。

「おう、どこに行ってたんだ?」

「ちょっとな」

横山が言葉を濁す。

「ちょっといいか?」

藪野はちらりと周りを見やった。幹部が数名、室内にいる。

横山は小さくうなずき、外に出た。藪野はノートパソコンを持って続いた。

事務所から離れたところまで行き、椅子に腰を下ろした。横山も近くの椅子を持ってきて、藪野の前に座った。

「犬の正体がわかったぞ」

藪野が言うと、ノートパソコンを開き、起動した。モニターの明かりがうっすらと藪野の顔を照らし出す。

「三人いた。鈴岡、江見、広沢だ。連中が飯島と打ち合わせしている音声を抽出してある。聞いてみろ」

アプリの再生ボタンを表示して、横山に渡す。

横山はタップして、音声を再生し始めた。

耳を傾ける。モニターの明かりに浮かぶ横山の顔がみるみる険しくなっていく。

鈴岡は幹部たちの名前やプロフィールを語っている。江見は護国の戦士の財務状況を、広沢は管理している山やこれから取得しようとしている水源地の情報を提供していた。

すべては、藪野が調べた情報に基づいて、日埜原が偽造したものだ。肝の情報はあまり入っていないはずだが、内部を知らなければ語れない内容も含んでいる。

「深い話はしていないようだが、盗聴器で拾えなかっただけかもしれないな」

藪野はさりげなく補足を入れた。

「間違いないのか、この音声？」

「俺もPCのプロじゃねえからなんとも言えねえが、録音データに入っていた音声から抜き出したものってのは間違いない。どうする?」

薮野が詰める。

横山はモニターを睨み、腕組みをした。

「一人ずつ呼び出して、追い込むか?」

「いや……」

「全員呼び出して、こいつを聞かせるか」

ノートパソコンを見る。

横山はうなるだけで、はっきりと答えない。

「どうすんだ! 手を打つなら、今しかねえぞ」

「わかっている。だが、これが本当かどうかは確認したい」

「俺が適当なこと言ってると思ってんのか?」

薮野が睨んだ。

「そうじゃない。しかし、もしこれが間違いだったら、我々は貴重な仲間を失うことになる」

「そうして一分一秒延ばすほどに、本物だったら事を進めてしまうぞ。いいのか? そうなれば、取り返しのつかない事態になるぞ」

「その時は、俺が責任をもって処分する」

横山が藪野を見返した。

藪野はじっと見返していたが、うつむいてふっと笑った。

「わかったよ。確かめてからにしよう」

藪野はスマホを取り出した。

「交代の時間だ。行ってくる」

そう言い、背を向けようとした。が、止まって横山を見やる。

「そういやあ、最近、大将を見ないな。どうしてるんだ？」

ふいに訊かれ、横山の双肩がぴくっと揺れた。

「高津さんは東京での仕事が忙しいから、ここへは戻れないんだ」

「高木が持ってきたファイル、渡してんだろ？　あれ、どうするつもりだ」

「さあ、俺も細かいことは聞いてない」

横山は目を逸らした。

「まあ、大将が元気ならそれでオッケーだ」

藪野は横山に背を向けて、森の中へ入った。

歩きながら、スマホを取り出す。すぐ、瀧川の番号に連絡を入れる。

鳴らしっぱなしにすると、五回目で瀧川が出た。

「俺だ。状況が変わった。今からそっちに行く。見張りの幹部を捕まえて、吐かせて、すぐ部長に連絡を入れろ」

藪野は指示をし、スマホのフラッシュを焚きながら森を深く潜った。

9

さかのぼること、五時間前。横山は都心にある高津の事務所にいた。

応接室で高津と二人で向き合っている。高津はソファーに仰け反り、脚を組んでいた。かたや、横山はソファーに浅く座り、大きい背中をすぼめ、小さくなっていた。

「困るよねえ。青木君が逃げたなら、そう言ってくれないと」

高津は冷ややかに横山を見つめた。

「申し訳ございません……」

横山はうつむいて、ますます小さくなる。

「隠したって、すぐに僕の耳には入るんだ。事が起こった時、隠す、または嘘をつくというのは最も愚かな行動だ。早期に対処していれば浅かった傷も深くしてしまう。今回の件で対処が遅れたのは、我々の活動にとって致命的となりかねない」

高津は淡々と語る。しかし、全身から怒りが滲んでいるのがわかる。

横山は太腿に手をついて、かすかに震えていた。

「先ほど、秘密工場で火災が起こったと連絡が入った」

「えっ」

横山が顔を上げた。

「どうやら、永正化学工業にも犬が潜り込んでいたようだね。まいった。キャンプ場だけならまだしも、秘密工場まで潜り込まれるとは。少々、権力機関を舐めてたよ」

高津はため息をついた。

「秘密工場は全焼した。我々の計画は大きく遅れることになった」

「……申し訳ございません！」

横山はソファーから降りて土下座をした。

高津は横山を冷たく見据えた。

「青木君は堀切さんを殴りつけて、脱走したと言っていましたね」

「はい……」

「堀切さんも犬ですね」

横山が顔を起こして高津を見上げる。

「少し怪しいとは思っていたが、利用価値があると思って我々に引き込んだ。結果、裏目に出てしまったね。僕の見立てが甘かった。すまない」

高津が頭を下げる。

「堀切さんが犬なら、青木君の身柄はとっくに当局に渡っているでしょう。青木君がいまだ見つからないのがその証拠です」

「だとすれば、どうなるのでしょうか……」

「公安部は踏み込む準備を着々と進めているだろうね」

高津はこともなげに語った。

「うちは全滅ということですか？」

「一時、活動停止を余儀なくされる。壊滅するかどうかは、これからの行動次第だ」

高津は脚を解いて、太腿に両肘をつき、上体を倒して横山を見据えた。

「リセットする」

高津の目尻が上がった。

「青木君が言っていたように、三峰君も犬かもしれない。誰が犬だかわからない。なので、飯島や堀切さんを処分した後、山狩りをして火をつけろ」

「仲間も処分するというのですか！」

「そう。君以外、全員を」

高津の口元に笑みが滲む。背筋まで震えるほどの冷酷さが横山に降りかかってきた。

「まずは今晩中に幹部と共に飯島、高木、堀切を処分しろ。その次は、キャンプ場に出入りしている者。最後に山に火を放て」

高津が命じる。

横山はあまりの指令に顔をうつむけた。

と、高津が手を伸ばし、頭をつかんだ。顔を上げさせる。

「できるよね？」

高津が迫った。

横山はうなずくしかなかった。

高津は笑みを浮かべ、横山の頭から手を放し、上体を戻した。

「よろしく頼むね。僕はしばらく身を隠すから」

「処分が終わった後、俺はどうすればいいんですか？」

「君も逃げるといい。いずれまた合流する時が来るので、その時まで身を隠しておけ。逃走資金は君の口座に入れておくから」

高津は言うと、席を立ち、執務机に戻った。帰れという意味だ。

横山は立ち上がって深く頭を下げ、肩を落として事務所を後にした。

10

電話を切った瀧川は、藪野からの指示を今村に伝えた。

瀧川はドア横の壁に背を当てた。今村の方を向いて、うなずく。今村はうなずき返すと同時に、大声を放った。

「どうした!」

見張りをしていた者が飛び込んできた。

瀧川はドアを蹴って閉め、男の背後に回った。左腕を首に回して締め、背中に右拳を叩き込む。男は背を逸らして、呻いた。

足を払う。男が尻から落ちる。瀧川もそのましゃがんで、左手を右ひじの裏に添え、少し締めつけを強めた。

「おとなしくしろ。首をへし折るぞ」

耳元で囁く。

男の体が強ばった。

今村が起き上がった。ゆっくり歩いてきて、男の前にしゃがむ。

「おまえは広沢だな。創設メンバーか」

髪の毛をつかんで、顔を上げさせる。

「おまえら、人を殺しているだろう」

いきなり、問いかける。

唐突な質問に動揺し、広沢の黒目が揺れた。今村がにやりとする。

「部長に連絡しろ」

今村が言う。

瀧川は広沢の首から腕を放し、部屋を出た。

広沢が立ち上がろうとする。今村は顔面に右ストレートを打ち込んだ。広沢が後ろにごろんと転んだ。

立ち上がって広沢に歩み寄り、腹を踏みつける。広沢は目を剝いて、息を詰めた。

「何人殺した？　遺体はどこに埋めた？」

靴底をこねる。

広沢は今村の足を両手でつかんで、呻いた。

「おまえら……こんなことして、ただで済むと思ってるのか」

広沢が睨み上げる。

今村は鼻で笑った。

「おまえらこそ、このまま楽園が続くと思ってるのか？　国家権力は甘くないぞ」

脚を上げ、再び思いっきり腹を踏みつける。

広沢は嗚咽を漏らし、腹を押さえて胃液を吐いた。

しゃがんで、髪の毛をつかむ。

「今、素直に話せば、おまえだけは助けてやってもいいぞ」

甘い言葉をかける。広沢の瞳がまた揺れた。

「チャンスは一度だけ。応じなければ――」

追い込んでいると、ドアが開いた。瀧川と共に藪野が駆け込んでくる。

藪野の顔を見て、今村は立ち上がった。

「どうした？」

「横山の様子がおかしいんで、ちょっと様子を見ていたんだが、どうやら連中、俺たちを襲うようだ」

藪野が言うと、広沢が笑った。

「おまえら、終わりだな」

右手をついて、上体を起こす。

「おまえらもこの山に埋めてやるよ」

そう言い、にやりとした。

藪野は広沢に駆け寄った。右脚を振り上げる。足の甲が広沢の顎を蹴り上げた。

広沢は口から血を噴き上げ、真後ろに倒れて後頭部を打ちつけた。気絶し、体をひくひくと痙攣させている。

「クソガキが」

藪野は唾を吐きかけた。

「離脱するぞ」

藪野がドアへ向かおうとした。と、瀧川は少し開いていたドアを閉めた。

「藪さん、囲まれてます」

瀧川が二人を見やる。

「敵は何人だ?」

今村が訊いた。

「目視で五人。気配ではもっといる感じがします」

壁に身を寄せ、伝える。

「藪野、ここからどう逃げる?」

今村が藪野を見た。

「青木を逃がした下山ルートが一番いいんだが、迷うと、たちまち敵に捕まる」

「山越えルートは?」

瀧川が訊いた。

「あっちはダメだ。山の中に潜んでいる連中に攻められりゃ、太刀打ちできねえ」

藪野が答えた。

「そうか。瀧川、部長と連絡は取れたか?」

今村は瀧川に顔を向けた。

「はい。すぐに部員を派遣すると言っていました」

「なら、籠城するぞ」

今村が言う。

「おいおい、ここに閉じこもるってのか?」

藪野が片眉を下げた。

「むやみに出ていくより、援軍を待った方がよさそうだ」

「一斉に攻められたらどうすんだ! 素手で全員叩きのめす気か? そんなに甘くねえぞ」

藪野は今村を睨んだ。

「それもそうだが」

今村は室内を見回した。

「瀧川。エアコンを落とせ」

「えっ?」

「藪野、瀧川を担いでやれ。早くしろ」

今村が命じる。

藪野と瀧川はエアコンの下に来た。藪野が仕方なく、瀧川を肩車して担ぎ上げる。瀧川はエアコンの上部に手をかけた。

「そのまま下に叩き落とせ」

今村が言う。

瀧川は言われたとおりにエアコンを引っ張り落とした。藪野が瀧川を担いだまま、後ろに下がった。勢い、瀧川は藪野の肩から滑り落ち、尻を打った。

エアコンが床で砕ける。破片が藪野の足や瀧川の顔に飛んできた。

今村はエアコンを踏みつけ、さらに砕いた。尖ったプラスチックや金枠を拾い集める。コードも引き抜いて、長さを確かめたり、振ってみたりしている。

「なるほど、武器か」

藪野がにやりとした。

瀧川も納得し、エアコンを分解して、使えそうな道具を集める。

「野戦はあるもので戦うしかない」

話していると、小屋の外でがさっと音がした。まもなく、丸太小屋の隙間から煙が漂ってきた。鼻を衝く焦げた臭いだ。丸太の隙間で赤い光が揺れている。

「火を放ちやがった！」

藪野が足元を睨む。

「仕方ない。打って出よう」

今村は言い、武器をズボンに挟んだり、上着に差したりし始めた。

藪野と瀧川も倣う。瀧川は両手に尖ったプラスチック片を握った。藪野は両手に冷却フインを持っている。今村は電気コードに金枠を括り付けたものを手にしていた。

「出たら、左右に散れ。敵は殺してもかまわん。瀧川、広沢を出してやれ。襲ってくる者は殺すが、犬死する奴を見過ごすことはできん。表に出してやれ」

今村らしからぬ言葉だった。

瀧川は広沢を爪先で軽く蹴った。意識を取り戻す。

「立て。焼け死んでしまうぞ」

手を握って立たせる。

と、広沢は瀧川の手を振り払い、ふらつきながら小屋の外へ飛び出した。

瞬間、複数の銃声が轟いた。被弾した広沢がデッキで舞い、階段から転げ落ちる。

今村はそれを見て、にやりとしていた。

敵の動向を測る生贄にするつもりだったのか……。

瀧川は今村の非情さに寒気と嫌悪を覚えた。

「行くぞ！」

今村の号令で、藪野が飛び出した。

瀧川も背を低くして外に出て、地面を前転し、草むらに迫った。今村も外に飛び出してくる。

三人はバラバラに散った。炎が三人の姿と敵を照らす。

藪野は草むらに入り、冷却フィンを振り回した。鋭いカミソリのようなフィンが敵の皮膚を切り裂く。

敵の悲鳴が聞こえる。そこに銃弾が集中する。

瀧川はマズルフラッシュで敵の位置を把握し、背後に回った。右腕を握ると同時に、首にプラスチック片を突き刺す。

血しぶきが瀧川の顔を赤く染めた。

瀧川は敵から銃をもぎ取った。藪野に向けて発砲している者の背中に銃弾を撃ち込む。

悲鳴が闇に轟く。小屋の方からも敵が現われた。裏から瀧川たちを狙っていたようだ。

今村の姿がある。そこに、三人の男が迫っている。

今村は金枠をつけたコードを振り回し、目に映る敵に打撃を加えた。鋭い金枠の先端が敵の頰を抉る。その敵の首にコードを巻き付け、絞る。

その今村の背後に敵の影が見えた。

瀧川は草むらから発砲した。今村の背後にいた敵の頭がパッと弾ける。

今村は敵の首を折ると、しゃがみこんだ。迫ってくる敵の足元にコードを振る。金枠のついたコードが足首に巻き付き、敵が前のめりに倒れた。

今村はその機を逃さず、後頭部を殴りつけた。

瀧川は、今村が戦っているシーンを初めて目の当たりにした。

今村は俊敏で、躊躇がなかった。作業班員は常に危険に対処する術を鍛えている。が、武器の揃え方といい、道具の使い方といい、今村がこれほど近接戦闘や野戦ができる実力を持っているとは思わなかった。

瀧川が今村を見ていると、藪野の叫びが聞こえた。

「伏せろ！」

その声でとっさに草むらに伏せた。

瞬間、鳴動した。丸太小屋が炎を上げて吹き飛んだ。

「主任！」

瀧川は草むらから出て、今村がいた場所に走ろうとした。

銃声が轟く。瀧川は背後から左肩を撃ち抜かれた。仰け反って、地面にダイブする。すぐさま、仰向けになった。

敵が瀧川に銃を向けていた。瀧川は敵に向け、連射した。敵が腕を広げ、踊るように舞って、草むらの奥に倒れて消えた。

手に持っていた銃の弾が切れ、スライドが上がっていた。

瀧川は今村の方を見た。今村は爆風に飛ばされ、地面に伏せていた。周りの敵も同様に倒れている。

瀧川は上体を低くして、今村に駆け寄った。

「大丈夫ですか！」

今村を仰向けにして、背を抱き起こす。額から血があふれている。髪の毛も少し焼け焦げていた。

「俺は心配ない。あいつの加勢をしてやれ」

今村が小屋前の広場に目を向ける。

藪野が横山と他の男四人に囲まれていた。冷却ファンを振り回しながら、銃弾や刃物をかわしている。

瀧川は今村を寝かせ、藪野の下へ走った。敵が瀧川を見つけ、発砲する。瀧川はステップを切って、ジグザグに走った。足元に弾丸が食い込み、土がパッと弾ける。

敵は被弾せずに迫ってくる瀧川に動揺した。

瀧川はそのまま敵に突っ込み、右の拳を大きく振った。敵の顔面にめり込む。敵が後方に吹っ飛び、仲間の一人にぶつかった。

藪野がよろけた二人の敵を冷却フィンで切りつけた。二人の顔面に獣が爪で掻いたような切り傷が浮かぶ。

瀧川は横山に殴りかかった。横山は身構え、右のジャブを打った。それが瀧川の左肩に当たった。痛みが走り、思わず足を止める。

背後に回り込んだ敵が、瀧川の背中を蹴った。瀧川はよろよろとつんのめった。横山は胸元に倒れてきた瀧川の首に太い腕を巻きつけた。

藪野が横山に向け、冷却フィンを振る。横山はフィンが来る方向に瀧川を向けた。藪野が手を止めた。

「雌雄は決したな、堀切」

横山は瀧川の首を絞めながら、目を左方向に向けた。その視線を追う。今村も敵につかまり、連れてこられていた。

横山のそばまで連れてこられた今村は、足元に押し倒された。連れてきた敵は銃口を今村に向けていた。

「手に持っているものを捨てろ」

横山が腕に力を込めた。瀧川は呻き、腕を掻きむしった。

草むらや小屋の裏に潜んでいた敵がぞろぞろと出てきた。二十人はいる。

藪野はため息をついて、冷却フィンを足元に落とした。

「高津さんはおまえが犬だということを見切っていた。おまえらより、俺たちの方が一枚上だったというわけだ」

横山は笑い、瀧川を藪野の足元に突き倒した。瀧川は喉をさすって、咳き込んだ。

藪野は横山を睨んだ。が、すぐ笑い出した。

「何がおかしい！」

横山が気色ばむ。周りの男たちにびりっと殺気が走った。

「おまえたちが一枚上だと？　笑わせてくれるなあ。おい、おまえら」

藪野は立っている男たちを見回した。

「さっき、見たか？　小屋から出てきた広沢をこいつらは平気で銃殺した。今度はこの中の誰かが、高津や横山に殺されるぞ。虫けらのようにな」

藪野の言葉に、何人かが動揺を覗かせた。

「上は、おまえらの命なんざ、なんとも思ってねえぞ。用が済めばゴミのように処分される。それでいいのか、ゴミども！」

藪野の挑発に、さらに動揺する者もいれば、いきり立つ者もいた。

藪野はさらに続けた。

「今、俺たちに協力するなら、国家権力をもって助けてやる。逆らうなら、国家権力をもって潰す。どうする！」

声を張る。

横山は脇にいた仲間の手から銃を取った。そして、藪野に向けて発砲した。藪野は腹を押さえ、その場に両膝を落とした。

「藪さん！」

瀧川は藪野をかばうように上に覆いかぶさった。

しかし、藪野は瀧川を払いのけ、ゆらりと立ち上がった。

「もう一度言うぞ。協力するなら助けてやるが、逆らうなら潰す！　どうすんだ、てめえら！」

「うるせえぞ、堀切！」

横山が藪野の頭に銃口を向けた。

瞬間、横山の手から銃が飛んだ。手を押さえている。血が流れていた。

横山は周りを見回した。と、周りの仲間が一人、また一人と悲鳴を上げ、倒れていく。

「なんだ……？」

横山の顔が引きつっていた。

瀧川は藪野の腕を引き、しゃがませた。今村に寄り、丸まって固まる。

次々と敵が倒れていく。

「誰だ！　どうなってんだ！」

横山が周囲を見回していると、草むらから大勢のスーツ姿の男たちが姿を見せた。

敵の一人が銃口を向けた。スーツの男は容赦なく、敵を撃った。

「はいはい、みなさん、動かないでくださいよ」

瀧川は敵の隙間から声のした方を見た。

日埜原だった。周りにはスーツ姿の男とは別に、自動小銃を持ったミリタリールックの男たちもいた。

「動いた者は、狙い撃ちにされますからね」

日埜原が瀧川たちのところに歩み寄ってくる。

敵の一人が仲間の隙間から日埜原を狙う。その敵の腕が飛んだ。周りにいた敵はその光景におののき、硬直した。

「動くと狙い撃ちされると言ったでしょう。スナイパーが君たちを狙っているからね。音もなく、全員殺すことができますよ」

日埜原が微笑む。

「全員武器を置いて、両手を上げてください。両手を上げない者は、すぐ銃弾の餌食になりますからね」

言うと、敵は次々と武器を捨て、両手を上げた。日埜原の周りにいた者が、敵を拘束していく。

横山はその光景を見て、茫然とした。

日埜原が横山の脇に来て、肩を叩く。

「堀切君の言う通り。我々は国家権力ですからね。君たちが束になってもかなわない」

下から横山を見上げる両眼には、冷たい圧が滲んでいた。

「しっかりと協力してください」

日埜原がもう一度肩を叩く。瞬間、後ろにいたスーツの公安部員が横山の後頭部を銃床で殴りつけた。

横山は目を見開いた。そして、ゆっくりと倒れ、地に伏せた。

「遅いですよ、日埜原さん」

今村が言った。

「すまんすまん。白瀬君の潜入先でも騒動が起こってね。人員を割り振るのに少々時間がかかった」

「白瀬さんは無事なんですか？」

瀧川が訊いた。

「なんとかね。入院しているが、命に別状はない」

日埜原の言葉を聞いて、瀧川は胸を撫で下ろした。

「高津は？」

藪野が訊く。

「雲隠れしているが、すぐ見つかるだろう。とりあえず、お疲れさん」

「お疲れさんじゃねえよ……」

藪野は深く息をついて、座り込んだ。

日埜原は笑って、近くの部員に声をかけた。

「三人を山から降ろして病院へ」

言うと、部員たちは二人一組となって、藪野と今村、瀧川を抱えた。

「あとは処理しておくから、みんな治療を受けてきなさい」

日埜原は言い、部員たちに指示をし始めた。

「本当に毎回、無茶させますよね」

瀧川がぼやく。

「今回無茶をさせたのは、こいつだ」

藪野が今村を睨んだ。

「あの時、俺と一緒にここを離脱してりゃ、こんなひでえ目には遭わなかった」

「おかげで、護国の戦士をほとんど潰せた。ボスの高津は残っているが、こういう社会問題を笠に着せるテロリストどもを捕まえるのが俺たちの使命だ」

今村が言う。

「おまえらだけでやってくれよ。なあ、瀧川」

藪野は瀧川を見やった。

内心、そう思ったが、瀧川は笑みだけを藪野に返した。

エピローグ

瀧川は三鷹に戻ってきた。左肩の銃創を入院治療していたせいもあり、十日の予定が三週間になっていた。

そのあたりは、舟田がうまく綾子に伝えてくれているとのことだった。

改札を出て、ゆっくりと商店街を歩く。日常に戻ってきて、ようやく息をつけているような気がしている。

藪野と今村は、まだ入院している。白瀬も瀧川たちとは別の病院で治療中だと聞いた。

瀧川以外の三人はいずれも重傷で、藪野と白瀬は一時、命の危機も迎えていた。

だが、そのおかげで、護国の戦士はほぼ解体に追い込めている。

公安部が拘束した横山をはじめとする護国の戦士の幹部たち、また瀧川たちを襲った実働部隊の証言から、彼らが何を企図していたかがわかってきていた。

護国の戦士は、全国各地の水源地を買収し、水の権利を独占して、各自治体から国までをも自分たちの意向通りに動かす計画を立てていた。

瀧川が発見した小魚の死骸は、次亜塩素酸ナトリウムから除去したクロラミンが溶液と共に大量に流れ出たことによるものだと断定された。

幹部の何人かから、永正化学工業で次亜塩素酸ナトリウムの無臭化の研究を行なっていたという証言が取れた。

その証言を元に公安部は会社に踏み込み、押収した研究データの解析や関係者への聴取を行なった。

無臭化の目的は、一般社員は本当に次亜塩素酸ナトリウムの用途を広げるためだと信じているようだった。

が、秘密工場にいた社員複数の証言、白瀬たちを診察していた医師、看護師の証言で、次亜塩素酸ナトリウムを殺人兵器として使うための実験をしていたことがわかった。

護国の戦士の敵は、日本を食い荒らす外国人とそれに迎合する日本人、自分たちの活動を邪魔するすべての者だった。

彼らはその兵器を使って、水源地だけでなく、日本の土地や山林、水資源を荒らす者たちを殺そうとしていた。

秘密工場に送られた工員たちは、その実験体だった。白瀬が推測した通り、医師は次亜塩素酸ナトリウムに被爆した人間の血中濃度や重症、もしくは死に至るまでの経過をデータ化して残していた。

死亡した者たちは、医師の診断書付きで自然死として処理されていた。

永正化学工業の買収と新工場の建設資金は、これまで取得した山の転売、有志の寄付、クラウドファンディング、金融取引での利益で賄っていたと幹部は証言している。

すべての絵図は、高津が発案したことになっている。

しかし、公安部は新野誠一郎および日本革新同盟とのつながりを疑っている。

資金繰りにしても、組織の拡大状況にしても、とても高津一人で遂行できたとは思えないからだ。

それなりのバックボーンがあるはずだと当局は睨んでいた。

高津の身柄はまだ拘束できていない。

瀧川たちが襲われた翌日、高津が出国したことはわかっている。

インターポールを通じて国際指名手配をかけ、公安部外事課とも連携して行方を追っているが、シンガポールに到着してから先の動向はいまだつかめていない。

そうした逃亡状況を見ても、やはり、なんらかの組織が関係していると思われた。

ただ、護国の戦士は事実上壊滅したに等しいので、高津が帰国したところで、すぐに活動を再開することはないだろう。

瀧川が歩いていると、前から制服を着た警察官が近づいてきた。

瀧川は笑みを向けた。

舟田だった。徒歩で商店街をパトロールしている最中のようだ。

近づいて、会釈をする。

「おかえり」

舟田が声をかけて微笑んだ。

「やっと、帰宅か？」

「はい、ようやく」

「近くまで一緒に行こう」

舟田は並んで歩き始めた。

「左肩はどうだ？」

瀧川を見て、聞いた。

「だいぶ良くなりましたが、大きく動かすとまだ傷口が痛みます」

瀧川は左腕を上げようとした。ピリッと痛みが走り、腕を下ろす。

「撃たれたんだ。無理はするな」

舟田が言う。

瀧川のことは、上層部から聞いているようだった。

「まあしかし、無事に帰ってこられてよかった」

「本当です。敵に囲まれたときは終わりかと思いました」

瀧川は苦笑した。

「まだ事案は続いているが、これ以上は関わらない方がいい」

「そのつもりです。今回の敵は、今までの者たちと少し毛色が違っていました。偏心的ではあるが、多くのメンバーは思想を深く受け入れて高津たちと伴走しているという感じもなかったんです。もっと軽い感じというか、流されているというか。自分で考えず、目の前の正義に飛びついただけの人たちが多かったように感じました。だから、敵に囲まれて藪野さんが国家権力に逆らう者は潰すと声を張った時、動揺した者も多かったのではないかと。あの間があったおかげで、僕らは助かったんですけどね」

「安易に振りかざす正義がどれほど危ういか。その意味をわかっていない者は多いんだろう。街でも、短絡的思考から起こる事案が多くなった。それだけ、確固たる指針を持ちにくいのかもしれないな、今の時代は。我々大人が、少年少女たちに自分で考えて、自分の軸を持てるよう、寄り添ってやらなければならないのかもしれん」

舟田の言葉に、瀧川がうなずく。

話しながら歩いていると、ミスター珍の看板が見えてきた。

舟田が立ち止まる。

「じゃあ、私はここで」

「ちょっと顔を出してくださいよ」

「いや、三週間ぶりの家族との再会だろう。初めて会ったのは綾子ちゃんと遙香ちゃんである方がいい。また、顔を出すから。またすぐ、君が鹿倉に引っ張り込まれないよう、上に釘を刺しておくよ」

舟田は右手を上げ、踵を返した。

瀧川は舟田の背中を見送って、店まで歩いた。準備中の札がかかっている。

ドアの前で立ち止まり、一つ深呼吸をする。そして、ゆっくりとドアを開けた。

奥の席に学制服を着た女の子がいた。遙香だ。遙香は振り返るなり、笑顔になった。

「おかえり、お父さん！」

お父さん、という言葉が胸の奥に沁みる。

「ただいま。一人か？」

「おばちゃんとおじちゃんは奥で休んでる。お母さんは——」

話していると、店のドアが開いた。

「あら、達也くん。おかえり」

綾子は両手に食材いっぱいのレジ袋を提げていた。

「長かったね」

「研修項目が急遽増えてしまってね。連絡できずにすまなかった」

「いいよ、仕事だもの」

綾子はこともなげに言って、レジ袋をテーブルに置いた。

「おばさん！　食材買ってきたよ！」

奥に声をかける。

そして、遙香の方を見た。テーブルにノートを広げている。

「遙香！　まだ、やってなかったの！」

「だって、わからないんだもん……」

「教科書を見てやりなさいって言ったでしょ！　ちょっと達也くんも言ってやってよ！」

「何を……？」

瀧川は戸惑った。

「この子、先週出された宿題がまだできていないの。中学入学がゴールじゃないのよ。始まったばかりなんだから、しっかりしなさい！」

「お父さんに言いつけることないじゃん！」

「あんたがやんないからでしょ！」

綾子と遙香が言い合いを始める。

「ああ、ちょっと、二人とも……」

瀧川はバッグを置いて、二人の間に入った。

「二人ともやめなさい！」

両腕を広げる。

が、綾子は瀧川の手を弾いた。

「言ってくれないなら、部屋に引っ込んでおいて」

「お父さんがやめろって言ってるのに、まだ言うの！」

遙香も瀧川を押しのける。

そしてまた、顔を突き合わせ、ギャーギャーと喧嘩を始めた。

二人の気の強さが前面に出ていて、瀧川は圧倒されて下がった。ため息をつく。

瀧川がおろおろしていると、奥から泰江が出てきた。

「おかえり、達也くん」

「ただいま、ですけど……」

おろおろする瀧川を見て、泰江が笑った。

「遙香ちゃんが入学してからは、こんなのばかりだよ。まあでも、賑やかになっていいじゃない」

「賑やかになってってって……」

これも家族の形なのか？

そう思いながら、瀧川は母娘の言い争いを苦笑しながらただただ見つめた。

・初出「小説推理」二〇二三年五月号〜二〇二四年六月号

双葉文庫

や-30-06

警視庁公安0課《けいしちょうこうあんぜろか》 カミカゼ
環境悪鬼《かんきょうあっき》

2024年10月12日　第1刷発行

【著者】
矢月秀作《やづきしゅうさく》

【発行者】
箕浦克史
【発行所】
株式会社双葉社
〒162-8540 東京都新宿区東五軒町3番28号
［電話］03-5261-4818（営業部）　03-5261-4831（編集部）
www.futabasha.co.jp（双葉社の書籍・コミックが買えます）
【印刷所】
大日本印刷株式会社
【製本所】
大日本印刷株式会社
【カバー印刷】
株式会社久栄社
【DTP】
株式会社ビーワークス

【フォーマット・デザイン】
日下潤一

ISBN978-4-575-52797-1 C0193
Printed in Japan